JN081666

前世の無能
異世界侯爵家からも追放されるが
辺境の地では超有能みたいです
赤川ミカミ
Mikami Akagawa
illust:サクマ伺貴
KiNG.
novels

ご奉仕大好きメイド
リーナ

純朴な村の魔法使い
ジョゼ
生真面目な女騎士
メイガン

「あひぃっ！　ううぅっ、フィル様ぁっ！」

「すっかりトロトロになっちゃったね、ジョゼ」

さっきまで丹念に奉仕してくれたお返しに、
膣内を隅々まで突き解していった。

「ジョゼをこんなにしちゃって、フィルは容赦ないわね」

声をかけられ、そっちを向くとキスされてしまった。

「んむっ……そう言うリーナも興奮してるじゃないか」

右手を彼女の股間に潜り込ませ、指でかき回す。

そして、左手も……。

「はぁはぁっ……あんっ！　フィル殿、もう限界ですっ！」

リーナ以上に興奮した様子で、メイガンが抱きついてきた。

前世の無能、異世界侯爵家からも追放されるが辺境の地では超有能みたいです

赤川ミカミ
illust：サクマ伺貴

KiNG novels

前世の無能
異世界侯爵家からも追放されるが
辺境の地では超有能みたいです

contents

プロローグ　辺境の地でハーレム生活

王国の中心からは遠く離れた、辺境の地。

土壌が悪く畑もろくに作れず、これといった特産品もないため、うまみが少なく放置されていた土地だった。

そこに、侯爵家の落ちこぼれであった僕は飛ばされたのだ。

前世において平凡な日本人だった僕は、この、魔法があるファンタジー世界に転生してきた。

その死に様はあまり幸福ではなかったし、転生の瞬間にはまた辛い人生が始まるのかと、赤子ながらにひどくがっかりしたのを覚えている。そう、僕にはしっかりと前世の記憶があるんだ。

何年も努力して希望の大学にも進み、希望とはちょっと違ったけど、目標には合った会社に入ることも出来た。しかしそこは、僕が考えたような世界でまったくなかった。

自慢だった知識も、わくわくしていたアイデアも、気の合わない上司の一存ですべて潰されてしまう。いつのまにか僕は部署の無能扱いで、完全に厄介者として、ブラックな社内でのストレス解消のための笑い者になっていた。そんな職場が楽しいはずもない。

毎日のように遅くなる帰り道。落胆して俯いていた僕は交通事故に遭っていた。

そして、気が付けばこの異世界にいたわけだ。


前世の記憶で異世界侯爵家から追放されるが辺境の地では超有能みたいです

ここは魔法が大きな力を持つ世界で――名家であるシュイナール侯爵家に生まれた僕も、当然のように魔法が使えるようになっていた。

そして名家の血を引いているため、生まれながらに魔力量も多い。

正直、それを認識したときにはとても嬉しかったし、やっとチャンスがまわってきたと喜んだものだ。そこまでなら完全に勝ち組の人生……だったのだけれど。

僕の魔法は、王国の中央で活躍するには相性がとても悪く、まったくの役立たずだったのだ。

そのために侯爵家の中では出来損ないとして扱われ、居心地がとても悪かった。

日本での前世のことを思うと、またかというがっかりした気持ちも湧いてきてしまう。

まあ、それでも貴族である分、そこまで生活への不自由はなかったのだけれど……。

そんな僕を中央に置いておくのは世間体が悪いというだけの理由で、だれも管理したがらないために放置されていたこの土地へと送り込まれたのだった。

形としては、一応はここの新領主だ。

侯爵家から独立した新たな男爵家ということで、それなりの体裁(ていさい)は保っている。

けれど、それが左遷や島流しに近いものであることは、みんな知っていた。

だから領民も、同情こそすれ、僕に領主としての働きなんて求めていなかった。

僕自身も、領主としてなにかできるなんて考えもしていなかった。

ずっと家族からも落ちこぼれ扱いを受けてきて、遠くへ飛ばされて……これでもう、人生も決まり切ってしまったものと落胆したのだけれど。

でも、それは違った。

ここへ来たことで、初めて僕の人生は上手く回り始めたんだ。

誰からも期待されず、自分でだって期待していなかったこの土地で。

僕は魔法使いとして大きく成長し、そして幸せを手に入れたんだ。

領主館の一室で、一日の仕事を終えた僕の元にいま、三人の美女が集まっている。

「フィル様、今日もご奉仕に来ました♪」

「いっぱい気持ちよくなって……気持ちよくしてくださいね♥」

「ほら、こっち……」

彼女たちに導かれて、ベッドへと向かう。

美女三人が僕を取り囲むようにして、ご奉仕を開始する。

「まずは、服を脱がせていくわね」

そう言って真っ先に手を伸ばしてきたのは、リーナ。

金色の髪を結んだメイドの少女だ。

付き合いは長く、僕が侯爵家の落ちこぼれだった頃から仕えてくれている。

こちらへ飛ばされるときも一緒についてきてくれた女の子だ。

気心が知れていることもあって、いちばん積極的で、僕に対してフランクでもある。

そんな彼女は、胸元の大きく開いた扇情的なメイド服姿で、僕の服を脱がしにかかってくるのだった。ベッドの上だと、着替えを手伝われるのとはまったく違う緊張感が湧いてくる。

「私も手伝いますね」

そう言って手を伸ばしてきたのは、メイガン。

僕と同じタイミングで中央から飛ばされてきた女騎士だ。

綺麗な赤い髪で、一見すると凜々しい美女だが、かつてはお姫様の護衛も務めたことがあるほどの腕前を持っている。

性格は真面目で、特に中央にいた頃は使命感も強かったため、やや融通の利きにくいタイプだったらしい。

実力は高く買われていたものの、その生真面目さと不器用さが原因で姫の護衛を外され、辺境へと送られたようだった。

けれど、こちらに来てからは少しずつ態度も軟化していき、いまでは物事に柔軟に対応できる部分も増えてきている。

姫様の護衛騎士団は女所帯だったことに加え、自身の強さもあってあまり異性に言い寄られず、耳年増でしかなかったという彼女。だが、こちらへ来てからはぐんぐんと夜のテクニックを吸収して、今ではすっかりえっちな美女になっているのだった。

凜とした高嶺の花だっただけで、綺麗でとてもスタイルがいい。

そんな彼女がベッドで迫ってくるとなれば、男にとってはあらがいがたいものがある。

なんてことを考えている内に、僕は服を脱がされていった。

「フィル様、あたしもご奉仕いたしますね」

そう言って最後に身を寄せてきたのは、ジョゼだ。

長い黒髪で、ややあどけなさを残す女の子だった。

けれど、少し幼いその顔立ちを裏切るかのように、おっぱいはたゆんっとやわらかそうに揺れている。

「フィル様、失礼いたしますね」

彼女はそう言うと、そっと僕の身体に指を這わせてくる。

最初の頃は無垢な印象で、メイガンよりもさらに性的な経験がなかった彼女だが、いまではこうして積極的になってくれている。

僕はそんな魅力的な彼女たちに囲まれ、毎日のようにハーレム生活を送っていた。

「ん、ちゅっ♥」

まずはリーナが抱きつき、キスをしてくる。

「私はこっちを……ふふっ、まだおとなしいままだな」

メイガンが股間へと手を伸ばし、まだ反応していないペニスを優しくいじりはじめた。

「ん、しょっ……くにくにいじってると、だんだん膨らんでくるな」

女性のしなやかな手に刺激され、肉竿に血が集まってくるのを感じる。

「手の中でどんどんおおきくなっていくの、すごくえっちだな……♥」

そう言いながらいじってくるメイガンの手は、とても気持ちいい。

「ん、しょっ……しこしこー」

「それじゃあたしは、れろっ……」

「うわっ……」

肉竿の気持ちよさを感じていると、ジョゼが僕に近づき、耳を舐めてきた。

突然の刺激に驚いていると、彼女はそのまま唇で耳たぶを刺激してくる。

「はむはむ……ん、ちゅっ……」

柔らかく耳を刺激され、くすぐったいような淡い気持ちよさが湧き上がってきた。

「こうして、れろっ……お耳を舐められるの、気持ちいいですよね？」

「ああ……」

普通はなかなかされない責めだが、確かに心地いい。

「れろっ……ちろろっ……ちゅぷっ……」

「へえ、それじゃ、わたしも舌を使っていくわね。ちゅっ♥　れろおぉっ」

ジョゼに対抗するように、リーナはディープキスで舌を絡めてくる。

「れろっ、ちゅっ」

「ちろっ……ぺろろっ……」

「それなら私も、お口でご奉仕させていただきますね。れろぉっ♥」

「んむ、んぅっ……そこは……くぅ」

股間にいたメイガンは舌を伸ばすと、ペロリと亀頭を舐めてきた。

彼女の舌が裏筋をなぞり、カリ裏をくすぐるように舐めてくる。

「ちろっ、ちゅっ……お耳のところをいっぱいぺろぺろして、れろっ」

「れろろっ……ふふっ、舌を絡めて、れろぉっ♥」

「おちんぽを舐め回して気持ちよくしていきますね。れろっ、ちろっ……」

「三人とも、あぁ……」

それぞれに違う舌使いに、僕はどんどん気持ちよくなっていく。

「れろろっ……ちろっ」

「んむっ、ちゅっ、ぺろっ……」

「じゅるるっ、じゅぷ、ちゅぅっ♥」

彼女たちが僕のあちこちを舐め回してくる。

三人の美女から舐め回し奉仕をされ、僕は快楽に身を委ねていた。

「ん、むっ、れろっ、じゅるっ……」

「ぺろろっ、ちゅっ……♥ れろれろっ、んむっ、ちろっ……。フィル殿、おちんぽの先っぽから、我慢汁が溢れてきてますね」

「ああ……こんなに気持ちよくされてるからね」

ご奉仕で蕩かされている僕は、正直に答える。

ひとりだけでも豪華な美女なのに、その彼女たちに集まって奉仕されるなんて、普通なら考えられないことだろう。

「れろろっ……じゅるっ……はふぅっ……」

「ちゅぷっ、ちゅぅっ……」

「ちろっ、じゅるっ、れろれろっ……お耳、すっかりふやけちゃいましたね。それじゃあ次は、こっち、気持ちよくして差し上げます」

そう言ったジョゼは、僕の胸へと降りてくる。

それを見たリーナも、口を離した。

「わたしもそっちを責めてみようかな」

「いいですね。ちょうど、乳首は二つありますし……れろぉ♥」

「わたしはこっちを、ぺろっ」

「う、ふたりとも……」

彼女たちは僕の胸に顔を埋め、乳首を舐め始めた。

くすぐったさに思わず声が漏れる。

「れろろっ……じゅぷっ、ちゅぅっ……」

メイガンは相変わらずフェラをしているので、そちらの気持ちよさで次第に高められていく。

乳首だけなら舐められてもそこまでじゃなかっただろうけれど、肉竿への快感があるため、そちらに押し上げられて強烈な心地よさが生まれていた。

「れろっ、ちろっ……」

「フィルの乳首、小さくても反応するんだね。ぺろろっ……」

「んむっ、フィル殿のおちんちんは、たくましく反り返ってますね。れろっ、じゅぽっ……じゅるるっ！」

　彼女たちに舐め回されて、僕はどんどんと昂ぶっていった。

「れろろっ……じゅゆるっ、乳首をくりくりって舐め回して……」

「ぺろぉっ♥　こっちは大きく舌を動かして……ぺろぉっ♥」

「あむっ、我慢汁が溢れてきてるな……それならもっと激しく動かして……じゅぶぶっ、じゅぽじゅぽっ、じゅぶっ！」

　三人による舐め回しで、射精感が増してくる。

「くっ、そろそろ……」

　そう声を漏らすと、彼女たちは追い打ちをかけるように刺激を強くしていった。

「れろれろれろれろっ……ぺろっ、ちゅぷっ……」

　ジョゼが乳首を舐め回し、軽く吸いついてくる。

「れろぉ……。ぺろ、ちゅぷっ、れろぉ……」

　リーナは舌を大きく使って愛撫を続けている。

　そしてメイガンは、頭を大きく動かして肉棒をしゃぶりながら、バキュームまで加えてくるのだった。

「じゅぶじゅぶじゅぶっ！　じゅぽっ、んぁ、じゅぶっ、ちゅぅっ！　じゅぶじゅぶっ、じゅぞっ、じゅぶぶっぶっ！」

「くっ、ほんとに出るっ……！」

「んむぅっ♥　ん、じゅるっ、ちゅぅっ」

「あぁ……あああっ！」

僕はメイガンの口内で、そのまま思いきり射精した。

「じゅぷっ、じゅるっ、んくっ、ちゅぅっ♥」

「う、出してる最中まで、あぁ……」

彼女は射精中も肉棒をバキュームし、精液を吸い出してきた。

真面目な女騎士がチンポをしゃぶっている姿は、ギャップもあってとてもエロい。

「んむ、ん、ごっくん♥　すごくいっぱい出ましたね……♥」

メイガンはうっとりと言いながら、ようやく肉棒を口から離した。

「ね、フィル……」

リーナがベッドに横たわり、僕を誘った。

「ほらほら、メイガンさんも」

「あ、ああ……」

ジョゼがメイガンの体を押して、寝ていたリーナの上へと覆い被さるように導く。

「うっ、この格好は……」

メイガンがリーナを押し倒しているような感じだ。

そうなると僕の位置からは、ふたりの恥ずかしい場所がよく見える。

ふたりともが足を広げているので、すでに濡れているおまんこを僕にアピールしているようにも見えた。

「さ、フィル様、ふたりにシてあげてください♪」

そう言ったジョゼに促されて、僕は重なっているふたりの後ろへと回る。

そしてまずは目の前に突き出されている綺麗なお尻……その中央にあるメイガンのおまんこへと肉棒を沈めていった。

「んはぁぁっ♥　あっ、フィル殿、んくぅっ！」

メイガンは声をあげながらも、きゅっと膣内で締めつてくる。

僕はそのまま、腰を前後へと動かしていった。

「んぁ、あっ、ああっ……んぅっ……」

「メイガンさん、気持ちよさそうですね♪」

そう言いながら、ジョゼが僕に抱きついてきた。

「フィル様はそのまま腰を振っていてくださいね。ちゅっ♥」

そして僕に軽くキスをしてから、そのまま身体へと唇で触れてくる。

「んっ。ふぅっ……」

彼女の吐息が肌をくすぐってくるのを感じながら、メイガンへの抽送を行っていった。

「んはぁっ、あっ、ああっ……！　そこ、んぁ、うぅっ……！」

メイガンはピストンのたびに、エロい声を出しながら感じている。

愛液をたっぷりと溢れさせながら、膣襞がきゅんきゅんと締めつけてくるのを味わう。

「あぁ……ん、ふぅっ……あぅっ……」

ぬぷぬぷとおまんこを突きながら、僕はその下にいるリーナへと目を移す。

そして今度は、物欲しそうにしていた彼女の秘穴へと挿入していった。

「んはぁっ♥　あ、フィル、んぅっ……！」

リーナは突然の快感に声をあげながら、しっかりと肉棒を咥え込んでくる。

僕はその、細かく蠢動する膣内を力強く往復していった。

「んはぁっ♥　あ、ああっ……フィル、んぁ、いいっ、いいの！　ああっ！」

何度か腰を往復させると、また引き抜いてメイガンに挿入していく。

重なり合ったふたりを順番に味わっていくのは、ハーレムプレイならではだ。

「んはっ♥　あ、フィル殿、奥っ、んぁ、ああっ！」

「んくぅっ！　硬いの、わたしの中を、んぁ、あっ、ああっ♥」

かわるがわる挿入しては腰を振っていく。

「れろっ……ちろっ……ふふっ。ふたりともすごいですね。ぺろっ、ちろっ……」

その最中も、ジョゼが僕に身体を寄せて、口で愛撫をしてくる。

女の子に、ちゅっちゅとついばむようにキスをされていくのは気持ちがいい。

「んはっ♥　あっあっ、ん、くぅっ！」

「そんなにされたら、んぁ、あっ、イっちゃうっ♥」

嬌声をあげる彼女たちを順番に味わいながら、僕のほうも再び射精感が増してくる。

「んはぁっ、ああっ……。すごい、ん、くぅっ！」

「フィル、きてぇっ♥　んぁ、わたしの中に、熱いの、ん、あっあっ♥　んはぁ、あぅっ、んあぁあっ！」

「くっ、リーナ……」

すでに限界が近いらしいリーナが、おまんこを締めつけて肉棒を刺激してくる。

「んはぁっ、あっあっ……ん、くぅっ……！　すごいの、んぁ、ああっ……イクッ！　もう、んぁ、ああっ……！」

淫らな声とともに、膣襞が精液をねだって蠕動する。

僕はそのまま、リーナのおまんこを激しく突いていった。

「んはぁあっ！　あっ、あぁっ！　もう、んぁ、イクッ、あぁっ！　あっ、イクイクッ、イックウウウッ！」

「う、ああ……！」

リーナが絶頂し、膣内がぎゅっと締まった。

その気持ちよさに耐えきれず、僕はぐっと腰を突き入れると、彼女の奥で射精する。

「んはぁぁぁっ♥　あっ、あああっ！　イってるおまんこに、んぁ♥　熱いの、びゅくびゅく出てるぅっ♥」

絶頂おまんこに射精されて、彼女は連続でイっているようだった。

「あぁ……ん、ふぅっ、うぅ……」

この気持ち良い穴にまだまだ入れていたいが、次がある。

快楽に脱力しているリーナから、なんとか肉棒を引き抜いた。

「ん、ジョゼ……」

するとリーナはジョゼを呼んで、場所を入れ替わる。

今度はジョゼの上にメイガンが覆い被さっている形だ。

僕はまた、そのふたりのおまんこへと肉棒を挿入していく。

「あぁっ、フィル殿、ん、ふぅっ……」

「ひゃうっ♥　あ、あぁ……フィル様のおちんぽ、やっぱりすごいですっ……」

僕とメイガンはすでに盛り上がっていたため、腰がハイペースなのも流れのままだが、急にそこへ混ぜられたジョゼは、強い刺激にあられもない声をあげていた。

「んはぁっ♥　あ、んぁ、だめですっ……♥　あっ、ああっ！」

だめと言いながらも嬉しそうなジョゼの蜜壺をぬぷぬぷと往復し、僕は腰を振っていく。

「んはぁっ♥　あ、あああっ……！　ん、くぅっ！」

再び交代し、メイガンの膣内へと腰を突き入れた。

「はぁっ、はぁっ、んぅうっ！　フィル殿、深いですっ！　ひゃあぁぁっ！」

大きく腰を動かすと、メイガンが甲高い嬌声をげていく。

「んはぁっ！　あ、ああっ……！　太いのが、ズブズブって、んぁ、ああっ！」

そんなふうに快楽に乱れるメイガンは、とても色っぽい。

すっかりとドスケベになった彼女の姿は、僕を滾らせるのだった。

「フィル様、んぁ、あああっ！」

肉棒を引き抜くと、今度は下にあるジョゼの膣内へ挿入する。

とぷりと愛液を溢れさせさせながら、リーナとも一味違う膣襞が吸いついてきた。

「ひうっ！　あぁ、大きなのが中にっ！　きゃううぅぅっ！」

激しい挿入でも彼女の中は僕のモノを締めつけ、しっかり感じているようだ。

綺麗な丸いお尻をビクビクと震わせながら喜んでいる。

「ふたりともすごい感じちゃってるのね♪」

その様子を眺めていると、リーナが背後から抱きついてきた。

「ほら、フィルのおちんぽがじゅぷじゅぷ出たり入ったりする度に、ふたりともすっごいえっちな声が出ちゃってる♪」

おっぱいを押しつけながら、僕を焚きつけるように言うリーナ。

ただでさえふたりのおまんこに挿入していて快感が強いのに、聴覚や視覚からも僕を責めてくるつもりみたいだ。そんなリーナの思惑どおり、僕は滾るままに腰を振っていった。

「あぁっ、ん、フィル殿、んぅっ、ふぅっ、あぁっ……！」

「あんあんっ♥　あっ、ん、くぅっ！」

組み敷かれたふたりが、嬌声をあげながら乱れている。

「ふふっ、すごいわね。れろっ……ちゅっ……」

リーナは、そんな僕の身体に抱きついてキスをしてくる。

三人の美女に囲まれての行為は、やはりとても贅沢だ。

「んはぁっ♥　あっあっ、ん、くぅっ……！」

「あうぅっ……あたし、んぁ、あっ、ああっ！」

交互にそのおまんこを味わい、僕は満足しながら腰を振っていく。

ジョゼの蠕動する膣襞をテンポよく擦り上げ、引き抜くと、今度はメイガンの蜜壺へと肉棒を挿入していく。

「んぁ♥　あ、ああっ……フィル殿、私、もう、んぁ、あっ、ああっ……」

「ひうぅっ！　あたしも、いっちゃいますっ！　もう、あっあっ、んはぁっ！」

「くっ、ふたりとも……！」

本能的に精液を絞りにくるおまんこ。

ふたりのそれを堪能しながら、僕は腰を振っていった。

「んぁ、あっ、もう、あああぁっ！」

「ひうぅっ！　らめぇっ♥　んぁ、あっ、イクッ、イっちゃいますっ♥　あたし、んぁ、あっ、んはあぁぁぁぁっ！」

「うぁ……」

ジョゼが絶頂し、おまんこをぎゅっと締めてくる。

僕はその中をかき回すように激しく往復していった。

「んはぁっ♥　あっあっ♥　イってますっ！　イってるおまんこ、そんなに激しくされたら、んぁ、また、んくぅぅぅぅっ！」

絶頂おまんこを肉棒でかき回されて、ジョゼが連続イキをする。

「あふっ……あ、あぁ……もうっ、んぁ……」

気持ちよさにすっかり蕩けて、ぐったりと脱力してしまったジョゼから肉棒を引き抜くと、今度こそはとメイガンに集中していく。

「んはああぁっ！　フィル殿、激しっ、んぁ、ああっ！」

僕はトップスピードでピストンを行い、メイガンの膣内を突いていく。

「んはぁぁっ♥　あっ、ああっ、んぁっ！」

「メイガン、すっごい気持ちよさそうね。れろっ……」

リーナがそう言いながら、興味津々、というように眺めている。

「んぁっ♥　あっ、そんな、こんな姿、見られ……んぁ、ああっ♥」

リーナの言葉に、いまさらにメイガンが反応する。

「ほら、見られながらイっちゃえ」

リーナに追い打ちをかけるようにして、僕は抽送を行う。

「んはあぁっ！　あっあっ♥　イクッ！　もう、んぁ、すごいの、きてしまいますっ……♥　んあ、ああ、んうぅっ……」

嬌声をあげて乱れるメイガン。

しっかりとペニスを咥えこんでしごき上げてくるそのおまんこを、何度も何度も突いてく。

「んはぁっ♥　あっ、ああっ！　フィル殿、出してくださいっ……！　私の中に、いっぱい、んぁ、あっ、ああっ……！」

「ああ、このまま出すぞ……！」

僕ももう限界だ。精液がせり上がってくるのを感じる。

「んぁ、あっ……イクッ！　あ、あぁ……♥　んぅ、あっあっあっあっ♥　イクイクッ、んあぁっ……♥　イックウウウゥゥゥウゥッ！」

「う、おおっ、あぁぁ……」

メイガンが身体を跳ねさせながら絶頂した。ぎゅっと膣内が締まる。

僕は駆け上ってくる精液を感じながら、絶頂おまんこを突いていった。

「んはぁっ♥　あ、あぁっ……♥　フィル殿、先っぽ、膨らんで……んぁっ、あっ、んぅっ、あぁぁぁっ！」

「メイガン、出すよ……！」

そしてズンッと、彼女の最も奥まで肉棒を差し込んだ。

絶頂直後にポルチオ射精を受けて、メイガンはさらに身体を跳ねさせた。

「んはぁぁぁぁぁっ♥」

びゅるるる、びゅくっ、びゅくくっ！

そして彼女の温かな最奥で、僕も射精する。

「あぁっ♥　すごい、熱いの、でてりゅっ……♥」

連続の大きな快楽ですっかりとイキまくったメイガンが、おまんこを締めながら精液を受けとっていく。

「んぁ、あ、あぁ……♥」

その気持ちいい膣内で、僕は精液を遠慮なく放っていった。

「あふっ……フィル殿、あぅ……♥」

すっかりととろけた顔になったメイガンから、肉棒を引き抜いた。

さすがに、僕も体力を使い果たしてしまった。

「お疲れ、フィル。たくさん気持ちよくなって、すっきりできたみたいね♥」

「ああ……さすがに、もう満足だよ……」

そう言った僕を彼女は優しく抱きとめながら、ベッドへ寝かせてくれる。

「フィル様……」

横になった僕に、ジョゼもぎゅっと抱きついてきた。

三人の美女に囲まれ、エロいこともたくさんして、こうして温かく抱きしめられながら眠る。

家族からさえ冷遇されていた自分にとって、ここへ来るまでは考えられなかったような幸福の時間だ。

冴えなかった前世や、落ちこぼれだったこれまでとはまるで違う、充実した生活。

僕はその幸せに包まれながら、眠りに落ちていくのだった。

第一章　辺境の地で新生活

侯爵家、シュイナール領の空気はひどく乾燥している。

屋敷の窓から外を眺めているだけでも、その乾燥した空気と大地を感じることができた。

こちらに転生してきてから十九年ほど。

そのあいだ、いつでもそうだった。

四季がある日本で前世を過ごした身からすると、年間を通して乾燥したこの土地柄にはかなりの違和感があったが、それもいつしか慣れてしまった。

梅雨時のじめっとした感じがないのはいい……と思うこともあったが、乾燥による肌のひび割れや、普通に過ごすだけでも脱水してしまうことなど、いいことばかりでもなかった。

特に、現代日本とは文明レベルもかなり違うしな——。

と、ファンタジーな異世界へと転生してきた僕は、のんびりと思うのだった。

まあ、本当はそんなにゆっくり構えていられる立場でもないんだけどね。

平凡だった前世に比べると、今の僕はちょっと変わった立場だ。

この世界には魔法が存在し、一部の人間だけが強い力を持っていた。

中でもこの国はとくに、魔法至上主義的なところがある。

魔法を使えるかどうかは、ある程度は血に依存する。つまり、貴族家のような権力者に代々継承されることが多いということだ。そうなると、庶民との格差は広がる一方だった。

僕ことフィル・シュイナールは、一応はその貴族の子として転生したので魔法を扱える。

そういう意味では楽勝に思えたのだけれど……。

魔法には属性があり、対応した能力しか扱えない。

たとえば生まれ持った属性が火なら、水属性の魔法を使えるようにはならない。

そのため、魔法が使えるかどうか以上に、どの属性なのかというのが貴族の間では重要になってくる。魔法の才能自体は、貴族家の子供ならほぼ受け継ぐわけだし。

魔法の属性はオーソドックスな火、水、風、土といった純粋な自然現象に始まり、そこから派生させた爆発、氷結、毒などといったものにレベルアップしていく。

おおむね、基本となる属性は汎用性が高い反面、威力に劣る。

派生属性は逆に、一方向に特化しているほど強力だ。

ただし、自分の属性の系統以外は扱えないので、できることは限られてくる。

例えば火属性なら、ロウソク程度の火を灯すことから、キャンプファイヤーほどの炎を燃やしたり。さらに上級になると、火球を飛ばすとか火柱を作るなど、火に関するいろんなことができる。

だが、属性が爆破へと進んだ場合は、規模の変更こそできるが、基本的にはあとはもう爆破だけだ。

何かを吹き飛ばすときには役立つものの、明りが欲しいときなどにはもう上手く使えない。

そんなわけで、まず魔法が使えるかどうか。

そしてそれがどれだけ有用な属性なのか、というのが大きく関わってくる世界なのだった。

例えば爆破なら、まだ開拓などで使えるから評価もいいほうで……。

しかし残念ながら僕の属性は成長するにつれ、「泥」へと進んでいた。

泥属性は土の派生にあたるもので、泥を扱って様々なことができるので、汎用性自体は比較的高い部類になる。

だが……侯爵家の土地との相性が圧倒的に悪かった。

乾燥地帯であるシュイナール領では、泥属性はまるで活かせない。ここには、雨期がない。

泥属性の使い方で想定されるのは壁やゴーレムの作成、泥で相手を絡めとったり、一応純粋に飛ばして攻撃したり、といった感じになる。

だが、乾燥しているこの土地ではそもそも良い泥がない。なんとか水を撒いて作り出しても、すぐに乾燥してしまう。そうなると、泥としての魔法の発動ができないのだ。

日本人的には土属性でなんとかならないものかと思うが、この世界では通じない。

自分の属性は絶対だった。魔法で生み出すことも出来るが、僕の場合は泥だけだし量も限度がある。

本来なら湿地帯などでの泥属性のゴーレムは、岩属性のものに比べれば頑丈さには劣るがスムーズな動きが可能だという利点が充分にある。

だがこの土地ではすぐに乾燥してしまい、関節部分がろくに動かせないまま魔法では動かなくなって、完全な駄作になってしまうのだ。貴重な水を大量に使っておきながら、すぐにぼろぼろと崩れ落ちていく姿を見せたときの家族の落胆は、それはもう見事なものだった。二度と見たくない。

それならば動きに多少の制限があっても、頑丈な岩属性のゴーレムのほうがずっといい。

なんとか壁を作っても同様で、すぐに乾燥してひび割れてしまい、ものの役には立たなかった。

これはもう少し湿度があって、じっくりと乾燥させられれば違うと思うのだが……この土地ではどうしようもない。圧倒的に乾いているのだ。

そんなふうに、とにかく土地との相性が悪かった。

乾燥しているこの土地で、一番に役立つのはやはり水属性。貴族家としてもそれが求められている。

僕の泥属性は彼らの能力を浪費するだけで、トップクラスに相性が悪かったのだ。

彼らに頼んで水分をどれほど補給しても、現代知識でチートを……なんてアイデアが虚しくなるような毎日だった。

意外にも侯爵領は、農地からの収穫はけっこうある。それはすべて、彼らの能力によるものだ。

水属性にも様々な派生があり、上手くそれが活用されているのだ。

そんな彼らを泥作りのために無駄遣いすることは、第一級の浪費だということはよく分かる。

そんなこともあって、成長後の属性が判明した頃から、僕は家中でも役立たず扱いを受けてきた。

扱いというか、まあ実際に役に立たないから仕方ないんだけどね。

それでも一応貴族だし、生きていくのに困ることはなかったのだけれど……どうやら、それなりに力のある実家としては、僕のような役立たずがいるのは問題だったらしい。

泥魔法なんかが侯爵家にいては、体面が悪い。父たちはそう考えたようだ。

ただし、完全に放逐してしまうのも同じく体面が悪い。

そんなわけで僕は、長らく放置されていた北側の領地へと飛ばされることになったらしかった。

そう言い渡されたときも、僕はまるで他人事のように聞いていた。

口を出す権利などあるはずもなく、言われたままにそこへ行くしかないのだ。

決まってからの動きは早く、僕は行く先の情報もろくに知らされないまま、新天地へと旅立つことになったのだった。

「フィル、そんなに気を落とさないで。きっと新しい土地も楽しいことがあるわよ」

そんなとき、たったひとりだけ優しく声をかけてきてくれた。リーナだ。

僕の幼なじみでもあり、そば付きのメイドを務めてくれている。

先々代あたりから、シュイナール侯爵家に仕えている一族の娘だった。

彼女だけは僕の左遷にあわせて、一緒についてきてくれることになったのだ。

綺麗な金色の髪を、左右で結ってまとめてある。

下乳とおへそあたりが開いた、ちょっとセクシーなメイド服に身を包んだ彼女は、そのぱっちりとした瞳を僕に向けて言った。

「それにほら、いちおうは男爵になるんだし。三男で爵位のないこれまでよりは、偉くなるのよ」

「うん？　ああ、別に落ち込んではいないんだけどね」

リーナにのんびりと答えると、彼女はちょっとだけ眉根を寄せた。

「ぜんぜん落ち込んでないのも、それはそれでどうなのよ。長い間ずっと放置されてる北側へ移り住むのよ？　貴族としての体面を取り繕っているだけで、こんなの縁切りみたいなものよ？」

「リーナは心配性だなぁ」

僕自身は、実はさほど悲観も落胆もしていない。

確かに、貴族的には国の中心から外れるし、きっと忘れられた存在になることだろう。

けれど元々、別に貴族社会で成り上がってやろうと思っていたわけでもないしね。

むしろ、社交界のしがらみから離れられるのは、僕としては悪くないかもしれない。

まあ、まったく知らない土地なので、一体どんなところなのだろうという不安がないわけではないけれど……なんとかなるだろう。たぶん、荒れ地なんだろうなとは思うけど。

これまでも無能扱いではあったけど、なんとかなってきたしね。

「もうっ、フィルは本当に楽天的なんだからっ」

そんなふうにリーナにせっつかれながら出発の準備をしていると、こちらへと近づいてくる人影があった。

「本日からフィル殿の護衛任務を仰せつかりました、騎士のメイガンと申します。よろしくお願いいたします」

そう声をかけてきたのは、赤い髪のきりっとした美女だった。

「ああ、聞いていますよ。フィル・シュイナールです。よろしく」

侯爵家から遠い北部へ行く僕の護衛として遣わされた女騎士のメイガンは、豪胆だとの評判とは裏腹に、とっても可憐だという印象だった。

メイガンも貴族家の出ではあるらしいけれど、いわゆる属性魔法は扱えないという。そのため、王国の基準では魔法使いとしては数えられないものの、身体能力強化の魔法が使えたために、その高い戦闘力で騎士になったらしかった。

男子と比べても別格に高い能力を買われ、以前は王女様の護衛を務めていたらしい。

ただ、まっすぐ過ぎる性格のせいで、わがままな第三王女と衝突してしまったのだそうだ。

その結果、北へと送られる僕の護衛として、同じように飛ばされてしまったということらしい。

けれどそんな状況にもかかわらず、彼女は騎士の威厳を損なわずにしゃんとしている。

決して歓迎するような配置換えではないはずなのに、そんな様子をまったく見せずに凛とした姿には好感を覚えた。

馬車を出してくれる御者はいるものの、北部へと移ることになるのはこの三人だ。

これから一体、どんな暮らしになるのだろうか。

そんなことを考えつつ、僕たちは北へと旅立つのだった。

●

揃って旅立った僕たちは、馬車で数日をかけてようやく目的地へとたどり着いた。

領地内にはいくつかの村があるが、屋敷のある場所の名前はグラウ村というらしい。

「思っていた以上に……その……広いところね」

地平線が見えそうなくらいに広がる大地を見て、リーナが言葉を選ぶように言った。

「そうだね」

僕もうなずく。とても広々とした場所だ。

悪く言うと、思っていた以上の田舎であり、閑散とした土地だった。

それ自体は個人的にかまわないのだけれど、村が近づいてくると少し心配事も出てくる。

村自体もまた、決して裕福とは言えない状態だったのだ。

見たところ、この土地はこれまでいたところに比べると湿気が多く、また道などを見ても水はけが悪いようだった。

長年、まっとうにここを治める者がおらず放置されていたのも、この土地柄に由来するデメリットの多さによるものなのだろう。察するにきっと、疫病なども発生しやすいように思う。

表向きは王国内でありながら、完全に放置された土地。

まあ、そうでなければ僕が派遣されることもなかったのか。

村には畑だったと思われる土地があったが、ことごとくに水はけが悪いようで、すべて沼地のようになっていた。これでは、普通の作物は育たないだろう。

土壌の詳細についてはまだわからないものの、これが村が裕福でない理由なのだろう。

このあたりが改善できれば良さそうなのだけれど……。

あとで、村長に話を聞いてみるか。

そんなことを考えている内に、馬車は村の中へと入っていく。

馬車の窓から湿気を孕んだ空気が流れ込んできて、僕はふと、懐かしさを感じた。

どこか日本の梅雨時を思わせるような空気と匂いだ。リーナたちはちょっと嫌そうだが、僕にはそこまで不快ではない。

しばらく進むと、村長らしき男性が腰を低くしながらこちらを出迎えてくれた。

「よくぞ、グラウへとお越し下さいました、男爵様」

こちらに来る時点で、僕はシュイナール侯爵家の三男ではなく、新しい貴族家、シュイナール男爵家の当主になっていた。

当主なんて、なんだかまだ慣れないけれど、この一帯を治める男爵としてふさわしい振る舞いが求められるのだ。

僕は貴族らしく威厳を保つようにしつつ、偉そうになりすぎないように声をかけた。

「ありがとう。詳しいことはこちらへ来てから聞かせてくれる、と言われていたのだが」

「はい……とはいえ、あまりお話しできることも……。ひとまず、家の中へお入りください。貴族様をお出迎えできるような場所ではありませんが……」

そう言った村長に導かれて、彼の家の中へと入る。

実際にこの領地全域や村について話を聞いてみたが、やはり寂(さび)れていて貧しい土地らしい。

そのうまみのなさから国からも半ば放置され、これまでは領主さえ居なかったのだと言う。

だから貴族というものに慣れないからか、ひたすらに腰の低い態度を続ける村長だった。

一応は歓迎してくれている様子ではあるものの、その目にはあまり光がなく、こちらに期待していないのが伝わってきていた。

まあ長年放置してきて、やっと送り込んできたのが若い新男爵。

それに家臣も女の子ふたりだけとなれば、僕のことをどう感じているのやら。期待しろというほうが難しいだろう。

しかし話し込んでみると、貴族に期待などしていないといった感じの村長だが、僕に向けての悪意があるわけではないようだった。

というか、むしろ僕に同情的なようにも思える。

こんな場所に送られるのは何か事情があったのだろう、大変な都落ちだ、という空気や気遣いを感じた。

期待されてないのは当然だし、村長が良い人そうだというだけでも僕としてはかなり好感触だ。

放置しておいて今さら口を出すなんて！　という反応だって、十分に考えられたわけだし。

それに比べれば、活力には欠けるものの、お互い大変だねという感じでいてくれる村長は、充分に好意的なほうだった。

「後日になるが、畑のほうを見せてもらってもいいか？」

僕がそう尋ねると、村長は顔を曇らせた。

「申し訳ありません。あの畑はまともに作物が育たず、実際には使えていないのです。この土地は水はけがとても悪く、何を育てようとしても根腐れしてしまい……」

「ああ、やっぱりそうなのか」

馬車から見たときもあまり手入れされているようには見えなかったが、やはり耕作地としてはだめらしい。

けれどそういうことなら、下手に手を出して悪化させることもないだろう。

普通なら、そうだ。しかし僕にはすでに、ちょっとやりたいことがある。

「それなら逆に、僕が触っても困らないってことだね？」

「えっ……？」

村長は驚いたような顔をする。

「貴族様が、あの泥だらけの畑を触る……のですか？」

まあ確かに、あまり自ら畑に出る貴族はいない。しかも泥で余計に汚れそうともなれば、自然な反応なのかもしれない。

「ああ……僕の魔法は泥属性だからね」

「はぁ……」

村長は魔法については詳しくないのか、そう聞いても曖昧にうなずくだけだった。

「わたくしではお考えを理解できていないのですが、どうぞお好きになさってください」

「ああ、ありがとう」

改善できるとも限らないが、畑をなんとかできれば、もう少し村がよくなるかもしれない。

ああして畑の跡地があるってことは、元々は期待を持って挑戦したということなのだろうし。

そんな話を終えた後、僕たちが過ごすことになる領主の屋敷へと案内された。

「こちらが領主様のお屋敷です……」

申し訳なさそうに案内した村長は、咎められる前にとでもいうように足早に去って行った。

「…………」

「…………」

僕の隣では、リーナとメイガンが言葉を失っていた。

というのも案内された屋敷は、元々はそれなりに立派だったのだろうという面影を見せるだけで、手入れされていたとは思えないボロさだったからだ。

まあ、村の様子を見てもわるように、修繕する余裕などなかったのだろう。

貴族をここに案内するなら、相手によってはかなり怒りそうだ。

でもまあ、どれだけ怒ったところで、村人だって無い袖は振れないからなぁ。

村の状況を見たあとの僕としては、責めようとは思わないし。

むしろ一応の掃除はしてあるあたり、できる限りは頑張ったというのが伝わってくる。

「ま、住めば都っていうしね」

僕はふたりにそう言いながら屋敷に入り、ひとまずくつろぐとにした。

「ちょ、ちょっと、フィル!?」

そんな僕の後を追って、リーナが屋敷に入ってくる。

「これは大分……風の流れを感じますね」

続いて入ってきたメイガンも少し表情を引きつらせ、言葉を選んでいるようだ。

「ああ、隙間風が入ってきてるのか……。まあでも生活に掃除はされてるし、とりあえず雨はしのげて眠れそうだね」

のんきに言いながら座ろうとすると、リーナに止められてしまう。

「なに普通にくつろごうとしてるのよ。隙間風だって、なんとかしないとダメでしょ」

「えぇぇ……そのうちでいいと思うけど……」

そう言って怠(なま)けようとすると、リーナが怒った顔でこちらを見てくるので、僕はしぶしぶ動くことにした。

まあ、とりあえず壁の穴を塞ぐだけなら、魔法ですぐだしね。

リーナも、だからこそこうして怒ったのだし。

幸い、感覚の鋭いメイガンのおかげで、どこから風が流れてくるのかはすべてわかる。

僕はささっと魔法を使い、壁に開いた穴を外壁側から塞いでいった。もちろん泥で塞いだのだ。

「おっ……これは……！」

そしてその様子を見ながらすぐに、魔法の効果が思った通りであったことに気付く。

このあたりは湿気の多い土地だ。

そのため、前の場所ならすぐ乾いてひび割れて粉になっていた泥も、ゆっくりと石の壁になじんでいく。これなら強度もある程度は、保てるかもしれないな。

「それじゃ、形を整えるわね」

リーナは僕が大まかに泥で塞いだ穴を、器用に整形していく。

どうしても色合いなどは不格好になってしまうが、この調子ならひとまず隙間風については解決しそうだ。

そんなふうに屋敷の外壁を回って修復を行っていると、玄関のほうにだれかの気配があった。

「うん？　ちょっと見てくるわね」

「ああ、頼むよ」

リーナがそう言って、裏口からさっと入って玄関へと向かう。

僕とメイガンも屋敷の中に戻り、リーナの後を追っていった。

「ちょうど今ので、隙間もなくなったみたいですね」

あらためて屋敷内の風の流れを読んでいたメイガンがそう言った。

「そうか。ありがとう」

メイガンにしてみても、僻地に送られたことに加え、慣れない屋敷生活の始まりということで思うところもあるだろう。さっきも絶句していたし。

それでもすぐに気持ちを切り替えて、空気の漏れるところを積極的に探してくれている。

元々は王女の護衛だったくらいだし、ここでの生活に最もギャップがあるのは彼女だろう。

僕はまあ……魔法属性がハズレだということで扱いはよくなかったし、前世なんて何の変哲もない一般人だったしね。貴族としてのこれまでのほうが、特別だったんだと思う。

そんなふうに考えていると、屋敷を尋ねてきたらしい女の子を連れてリーナが戻ってきた。

長い黒髪の、おとなしそうな女の子だ。

彼女は少し不安げな様子でこちらを見ている。

中央から飛ばされてきたとはいえ、一応は貴族が相手ということもあって緊張しているのだろう。

「彼女は村長から遣わされてきたみたい。さ、どうぞ」

リーナは隣にいる女の子に自己紹介を促す。

そうして一歩前に出た彼女は、緊張した声で言った。

「こ、こんにちは！　あたし、ジョゼっていいます。今日からこのお屋敷へご奉公にきました。よ、よろしくお願いします……！」

そう言って頭を下げたジョゼを見ていると、リーナが補足する。

「住み込みで働いてくれるみたいね。家事の担当はわたししかいなかったし、助かるわよね」

「ああ、そうだね」

リーナの言葉に、僕はうなずく。

金銭や資材で出せるものがないから、ということでもあるのだろう。

「つまり……ジョゼはリーナに従って、この屋敷でメイドとして働いてもらえるってことでいいのかな？」

「は、はいっ！　頑張らせていただきますっ」

僕が尋ねると、ジョゼは緊張しつつそう返事をした。

「あっ、あとっ、少しだけですが、火属性の魔法が使えます。す、少しでもお役に立てれば……」

「え？　魔法が使えるんだ？」

「一応、という程度ですけど……」

緊張しながら、ジョゼが答える。

魔法というのは、基本的には貴族の血筋に連なるものが多い。メイガンだってそうだ。

ちょっと意外だけれど、ジョゼもそうなのだろうか？

そのあたりの事情は、おいおい聞いておいたほうがいいだろう。

僕がそう思っていると、リーナが口を挟む。

「あの、ちょっといい？」

「は、はい」

「魔法が使えるってことだけれど、ジョゼは貴族の出なの？」

率直にそう尋ねたリーナに、ジョゼがうなずいた。

「その……父が下級貴族家の出身でした。フィル様のような高貴な身分ではありませんが……。今は母方の祖父に引き取られ、この村で暮らしています」

「なるほどね。それならいいわ」

そう言って、リーナがうなずく。

貴族に連なるというと、それぞれ派閥なんかもあったりするし、そのあたりを警戒してのものだろう。僕も気になったところだったので、ちょうどいい。

すでに放逐されているとはいえ、一応は王国でもそれなりの権力を持つ侯爵家の人間だし、何かしらの意味での刺客が送られてくる可能性もゼロではない。

まあ僕に暗殺の価値はないだろうから、ハニートラップの類いとかだ。

リーナもきっと、それをイメージしたのだと思う。

まあ、心配し過ぎだけれどね。ジョゼがわりと美少女だったので、それもあるだろう。

でもジョゼは純粋に、村が世話役として用意してくれただけだと思う。貴族の血が流れていることも、選ばれた理由だろうな。

あとは……村の状況を見るに、貴族の僕につけたほうが暮らしがよくなると思ったのかもしれない。ジョゼ自身のためでもあるわけだ。

「まあ、詳しいことはあらためて聞かせてもらおうかな。今日はここに着いたばかりで、さすがにちょっと疲れたし」

「フィルはまたそうやって気軽に……でも、たしかに今日はそうね」

いつものように僕をたしなめようとしたリーナだったけれど、実際に長距離移動を終えて村に着いたこともあり、今は納得してくれた。

そんなわけで、今日は早々に休んでしまうことにする。

「ジョゼも、明日からよろしくね」

「はい、よろしくお願いします」

幸い、この屋敷に部屋はたくさんあるようだ。住み込みも問題ない。

屋敷が建てられた直後は、ここに来た貴族も気合いが入っており、多くの使用人などで賑わっていたのだろう。前任者というには遠すぎる、だいぶ昔のことだろうけどね。

今ではすっかりと寂れてしまっているが、そのおかげと言うべきか、それぞれが好きに部屋を使ってもまだまだ余っている。

僕も一部屋、いちばん気に入った場所をもらうことにして荷ほどきを始める。

そのあとは、ひとまずは明日からというで解散になったのだった。

●

食事や入浴も終わり、部屋で休んでいるとドアがノックされる。

「フィル、いる?」

「ああ、いるよ」

聞こえてきたリーナの声に応えると、彼女が部屋に入ってくる。

彼女はいつものメイド服姿で、僕の近くへと来た。こうしてリーナがいてくれるから、新しい屋敷でもそれほど寂しくはない。着いてきてくれて、ほんとうに良かった。

「その……夜のご奉仕に来たわ。何日も移動時間があったし、いろいろと溜まってる思って」

少し恥ずかしげに言う彼女は、とてもかわいらしい。

僕の専属メイドであるリーナは、以前からこうして僕の部屋を訪れては、夜のお世話もしてくれるのだった。

彼女が言うとおり、馬車での移動中は御者やメイガンがそばにいたこともあり、そういうことをしていなかった。

若く健康な身体は当然、その間も欲望をため込んでいる。

そんなわけで、落ち着けたタイミングでリーナが訪ねてきてくれたのは、とても都合がよかった。

彼女自身も慣れない移動で疲れているなら無理には、という感じだったけれど、こうして来てくれたとなると僕もスイッチが入ってしまう。

それを感じ取ったのか、リーナも妖しい笑みを浮かべた。

「フィルも期待してるみたいね」

彼女は自らの服をはだけさせながら、ベッドへと上がる。

胸元がはだけられ、大きなおっぱいがぷるんっと揺れながら現れる。

そのたわわな果実に僕の目は引き寄せられた。

「ふふっ、フィルのここ、もう期待してるみたい」

そして同じくベッドにいる僕のズボンへと手をかけてきた。

リーナは慣れた手つきで僕のズボンを脱がしていった。

「うっ……そ、そうみたいだね」

飛び出してきた肉棒を、リーナは小さな手でそっと握る。

「こうして触ってると、おちんちん、どんどん大きくなってくるね」

彼女はそう言って肉棒を軽く扱いていく。

細い指が幹の部分をこすり、カリ裏も同時に刺激してきた。

「熱くて硬くなってる……。馬車でエッチなことができなくなくて溜まっちゃった分、今日はすっきりしちゃおうね♪」

彼女はそう言うと、さらに肉棒を刺激してくる。

「ああ、そうしたいな。頼むよ」

「それじゃ、まずはお口で……れろっ」

「うおっ……！」

彼女の舌が伸びてきて、ぺろりと肉棒を舐め上げた。

その気持ちよさに思わず声を漏らすと、リーナは笑顔を浮かべ、さらに舌をはわせてくる。

「れろっ……ちろっ……」

舌先が裏筋のあたりをくすぐり、気持ちよさがだんだんと溢れてくる。

「ふふっ、おちんちん、またぴくんって反応したね♪」

そしてそのまま、ペニス全体を舐めていく。

「れろっ……ぺろろっ……」

「くっ、うぅ……やっぱりリーナは上手いね」

「このあたりが気持ちいいんだよね？　れろぉ♥」

彼女は舌を大きく伸ばすと、見せつけるように舐めてくる。

舌の気持ちよさはもちろん、そんなエロい姿にも、僕の興奮は増していった。

「れろっ、ちろっ……」

舌を動かし、肉棒を熱心に舐めていくリーナ。

面倒見がよくしっかり者の彼女が、エロい表情で真剣に肉竿を舐めている姿は、日常とのギャップもあってすごく淫靡だ。

「ぺろっ……ん、ちゅっ♥」

亀頭に、軽くキスをしてくる。

柔らかな唇の心地よさと、かわいい顔がペニスにキスをしている姿。

それを味わえる興奮で、思わず少し腰が浮いてしまう。

「ふふっ、フィルってば、そんなふうにおちんちん突き出して……もっと、刺激が欲しいのね？」

「ああ……そうだよ。もっともっと気持ちよくなりたいな」

僕がうなずくと、彼女は妖艶な笑みを浮かべる。

「そうなんだ。素直なフィルにはご褒美、あーむっ♪」

リーナは口を開けると、ぱくりと亀頭を咥えてきた。

敏感な先端が、温かな口内に一気に包みこまれる。

「ちゅぷっ……んっ」

彼女はそのまま、ちゅぱちゅぱと先端を刺激してきた。

「んむっっ、れろっ……」

さらに舌も動かして、亀頭を集中的に責めてくる。

敏感なところを愛撫されて、むずむずとした気持ちよさが膨らんでいった。

「れろっ、ちゅっ……さきっぽから、我慢汁が出てきたわね。ほら、んぁ……」

彼女はそう言うと一度肉竿を口から出して、舌先で鈴口を刺激してくる。

すると僕の我慢汁が、彼女の口元から糸を引いた。

「うっ……そんなことしなくても」

そのエロい仕草に僕の興奮は増してしまう。

「ほら、フィルのエッチなお汁が、糸引いちゃってるね♥　ん、ちろっ……」

「ううっ、リーナぁ……」

気持ちよさともどかしさに声をあげると、彼女は嬉しそうな笑みを浮かべる。

「ふふっ、感じてるフィル、かわいい♪」

そう言いながら自分の唾液で濡れた肉棒を、軽くしごいて刺激してくる。

「うぁ……すごくいいよ」

根元までをしごかれると、蓄積された快感分の射精欲が溢れてきた。

「それじゃ、次はもっと奥まで咥えるわね……んむっ、ちゅぷっ」

「うぁ、リーナ、深いよっ……」

彼女は頬張るようにして、幹の半ばほどまでを咥え込む。リーナの小さな口いっぱいに、僕の肉棒が入り込んでしまった。

「ちゅぷっ、んっ……」

そしてそのまま、ゆっくりと頭を動かしていく。

「ちゅぷっ、ちゅくっ、んぅっ……大きなおちんちん、全部食べちゃうね、んむっ、ちゅくっ、ちゅぅっ……」

「リーナ、すごいよ……すごく気持ちいい」

ゆっくりと動くのに合わせて、その可愛らしい唇でも肉棒が刺激されていく。

肉棒を頬張るリーナの顔を眺めながら、ご奉仕の気持ちよさに浸っていった。

「んむっ、ちゅっ、ちゅぶっ……れろっ……」

彼女はゆるゆると刺激しながら、舌先も動かしてくるのだった。

「こうして舐めているだけで、わたしもどんどんえっちな気分になってきちゃう♥ ちゅぶっ、れろっ……」

リーナはうっとりと言いながら、肉棒を美味しそうにしゃぶっていた。

ご奉仕メイドの艶やかな姿に、僕の吐精欲求も高まってくる。

「んむっ、ちゅぶっ……ちゃんと気持ちいい？」

「ああ、すごくいい……」

「そうなんだ♪」

答えると、彼女は嬉しそうにして頭を動かす速度を上げていった。

「うぁ、急にそんな、うっ……」

「いっぱい感じて、たくさん精液出してね♥ ちゅぶっ、ちゅぽっ……」

すいこむように刺激しながら、リーナがフェラを続ける。

「ちゅぷ、ん、ふぅっ、んぅっ……」

かわいい顔が前後に動くのに合わせ、口からペニスが出たり入ったりしている。

リーナをよく知っているからこそ、その光景はとっても淫靡だ。

「ちゅぷっ、ん、んむっ、ふぅっ……」

そして時折角度が変わると、肉棒が頬の内側にこすれる。

そうなると気持ちよさはもちろん、頬がチンポに押されて形が変わるのがとてもエロい。

「んむっ、ちゅっ……こうやって、おちんぽの形がわかるの、好きなんだよね♥　ほら、くにーっ」

「リーナ、すごいエロい顔になってる……」

彼女は僕が興奮するポイントをよく押さえているから、見せつけるように肉棒を頬に当てていった。

肌がとても綺麗な頬を、肉竿が押し上げているのがわかる。

美少女の口に咥えられているということを、強調されるようなビジュアルだ。

美しい彼女の顔が男性の形を浮き上がらせているのだからエロ過ぎる。

その光景に、興奮はますます高まっていった。

「ふふっ♥　わたしのお口ご奉仕で思う存分感じてね。じゅるっ、ちゅぷっ……」

「う、そ、そろそろ……」

リーナは再び口を激しく動かしていき、フェラ奉仕をフィニッシュに向けて続けていく。

「じゅるっ……じゅぷっ……じゅぷぷ……」

その口内を深く往復していくと、肉棒に気持ちよさが蓄積していく。

「あむっ、じゅぶっ……大きなおちんちん……いっぱい感じて、膨らんできてる……♥　じゅるっ、じゅぽ、じゅぶぶっ……」

彼女も楽しんでいるのか、チンポにしゃぶりついている。

「イキそうでしょ？　まずはこのまま、じゅぶっ……わたしのお口に、じゅぽぽっ……精液、いっぱい出してね」

「ああ、リーナ……」

「じゅぶっじゅぶじゅぶぶっ……！」

僕を射精へと導くため、さらに速く動かしていく。

勢いを増したフェラは肉棒を深く吸い込み、濡れた粘膜で隅々まで愛撫していった。

「じゅぶっ、ちゅぷっ、じゅるっ……！」

ピストンフェラで、肉棒が限界まで高まっていく。

数日分ため込んだ精液が、せり上がってくるのを感じた。

「リーナ、僕もうっ……」

「らひて……じゅぶぶっ。ちゅぶっ、じょぽっ……わたしのお口に、んむっ、じゅぶっ……このま、じゅぶぶっ……」

「う、あぁっ！」

精液が上ってくるのを感じながら、その気持ちよさに身を任せた。

リーナは強いバキュームを行いながら、僕の欲望を吸い出そうとする。

「じゅぶぶっ。じゅぞっ、ちゅううぅっ♥　ちゅぶぶっ、じゅぶじゅぶっ、ちゅぱっ、じゅぶぶ、じゅるるっるうっ！」

「あぁっ、出るっ！　出るよ！」

「じゅぶぶぶっ！　じゅぶっ、じゅるっ……ちゅううぅぅっ！　じゅぶぶっ、じゅるるるるるっ！……んむ、んんっ♥」

「ああっ！」

幼なじみの激しいバキューム奉仕を受けながら、僕は思いきり射精した。

彼女の口に吸われるままに、精液が放たれていく。

「んむっ、ん、んんっっ!?」

その勢いには、さすがの彼女も驚いているみたいだ。数日分の濃さがあるのかもしれない。

けれど肉棒を離すことはせず、そのまま口で受け止めてくれる。

「んむっ、ちゅぶっ、じゅるっ……」

「リーナ、ぜんぶ……出すよ」

脈動するペニスが精液を放ち続け、彼女の口を犯していく。

「んくっ、ん、んぐっ……」

そしてリーナは、そのまま放たれた精液をすべて飲み下していった。

「んくっ、ん、ごっくんっ♪　んぁ……♥」

そして精液を飲み込み終わると、やっと肉棒を口から離す。

「あふっ……フィルのすっごく濃くて、ドロドロだったわよ♥　やっぱり、いっぱい溜め込んでたのね♪」

彼女はそう言いながら、指先で肉棒をつついてきた。

「喉に絡みついてきて、すごかったんだから……♥」

嬉しそうに言いながら、リーナが僕を上目遣いに見る。

「どう？　すっきりした」

「ああ、すごくよかったよ……」

だいぶ溜めていたというのもあるのだろうけれど、彼女のフェラは僕専用のテクニックなのでとても気持ちよく、心地よい脱力感に包まれていた。

「よかった。でも……」

そう言って彼女はペニスを握ると、再び軽くしごいてきた。

「フィルのおちんちん、あんなに濃いザーメンを出したのに、まだまだしてほしそうにしてるみたいなんだけど？」

「うっ……それはまあ……」

誘うようにこちらを見てくるリーナ。

そんな顔をされると、またしたくなってしまう。

「一回じゃ出し切れないくらい、溜まっちゃってるんでしょ？　我慢せずに、しっかりと出しておかないと♪」

そう言った彼女は、身を起こすとスカートの中へと手を入れた。

そしてそのまま下着だけを脱いでいく。

「今度はわたしのおまんこで、ご奉仕してあげるわね♥」

スカートをたくし上げて、その部分を見せてくるリーナ。

彼女のおまんこはもうしっとりと濡れており、いやらしい蜜を垂らしていた。

「リーナも準備できてるみたいだね」

僕が言うと、彼女はうっとりとうなずいた。

「こんなたくましくてガチガチのおちんぽをしゃぶって、あんなに濃いザーメンを出されたら、期待しちゃうに決まってるじゃない♪」

そう言って、僕の上にまたがってくる。

「フィル専用のおまんこで、しっかりご奉仕するから、んぅっ……ちゃんと余さずわたしの中に出してよね♥」

そう宣言したリーナは、肉棒をつかむと自らの膣口へと導いていく。

「んっ……ふぅっ、ん♥」

ちゅくっと卑猥な音を立てて、チンポとおまんこがキスをする。

そしてリーナがゆっくりと腰を下ろしてきた。

「ん、あ、あぁ……♥」

ぬぷっ、と蜜壺に肉棒が飲み込まれていく。

熱くうねる膣襞がペニスを包みこんでいった。

「んはぁっ……♥　あ、あぁ……」

リーナはそのまま腰を下ろしきり、肉棒をすべて受け入れる。

「あふっ、フィルのおちんちん、奥まで入ってきてる……♪」

「ああ、リーナに包みこまれて、うっ……」

しっかりと肉棒を咥えこんだ彼女が、こちらを見下ろした。

「それじゃ、動いていくわね。んっ……ふぅ、あぅっ……」

リーナは僕の胸に手を置くと、ゆっくり腰を動かし始める。

動きに合わせて、膣襞が肉棒をしごき上げていった。リーナはご奉仕のとき、この体位を好む。

潤んだ瞳を向けながら、僕にいつもどおり尋ねてくる。

「んっ、ふぅ……フィル、おまんこ気持ちいい？」

「ああ、すごくいい。やっぱりリーナは上手いなぁ」

「当たり前じゃない。あなたのことはわたしが一番よく知ってるんだから」

そう言って笑みを浮かべると、少しずつ腰の動きを激しくしていく。

僕たちは主従ではあるが、幼なじみとして心も通じ合っていた。リーナは僕が喜ぶことは、なんだってしてくれるのだ。

僕とリーナの腰がぶつかってパンパンと乾いた音が響き、同時に彼女の口から声が漏れ始めた。

「はっ、んんぅっ……奥までいっぱいっ、あっ♥」

肉棒が彼女の奥へ届くと、艶めかしい声が漏れる。

「かわいい声が出てきたね」

「よ、余計なことは言わなくていいのっ！　あんまり意識されると恥ずかしいんだから……はぅ、んんっ！」

少し顔を赤くしながらも、腰の動きは止めず奉仕を続けていく。

僕はそんなリーナの姿を見上げるのが、大好きだった。

「んっ、ふうっ、あぁ……♥」

騎乗位で腰を振るリーナの服をずらすと、転び出た大きなおっぱいがたわわに揺れている。

「あんっ♥　ん、ふっ、あぁっ……！　んぅっ♥」

そして気持ちよさそうな喘ぎ声とともに、じゅちゅっ、じゅぷっと蜜壺が卑猥な音を立てているのが耳を刺激する。

「はぁ、ん、ふぅっ、あぁっ……♥」

リーナの腰が激しく動いていき、肉棒をどんどんと刺激してくる。

「んぅっ、ふぅ、あぁ……フィルのおちんちんが、わたしの奥まで、んぁっ、ああっ……ズンズン突いてきて、んぅっ！」

「リーナ……いいよ、もっとしてほしい」

「ひうっ……♥　う、うん♥　いっぱいがんばるね……あっ！　ん、んんっ！」

僕は下から手を伸ばし、リーナのご奉仕に応えようと、おっぱいを持ち上げるように揉んでいった。

「んはぁっ♥　あ、フィル、だめぇっ……」

ボリューム感たっぷりのおっぱいが、形を変えて僕の指を受け止める。

むにゅむにゅとその気持ちよさを堪能しながら、蜜壺によるご奉仕も受けていく。

「あふっ、ん、あぁっ……♥　乳首、いじられると、んぅっ♥」

リーナが胸への愛撫に反応して、それに合わせて膣襞がぎゅっと肉棒を締めてきた。

「うわっ……きついよ、すごく」

その気持ちよさに、僕も思わず声を漏らしてしまう。

「ひうっ、あ、あぁ……おちんちん、ぞりぞりこすれてっ……んぁっ♥」

快楽に浸っている彼女が、こちらを追い込むように腰を動かしてくる。

「あふっ、あっ、あっ……！　ん、くぅっ……！」

互いに快感が高まり、限界が近いみたいだ。

彼女の動きが激しくなっていくのに合わせて、僕は胸から手を離すと、集中して腰を動かしていくことにした。

「んくぅっ♥　あっ、フィル、んぅっ！」

下から突き上げるようにして、蜜壺をかき回していく。

「んはっ♥　あっ、だめっ……わたし、あうっ、んぁ、ご奉仕してるのに、んぁ、イッちゃうっ……！　ん、あぁっ！」

「いいよ。リーナがイクとこ、見せて」

「んはぁっ。あっ、だめぇっ♥　あぁ、ん、あっ！」

激しく腰を振りながら、リーナが乱れていく。

その膣襞が肉棒に絡みつき、ぎゅぎゅっとこすり上げた。

僕の快感以上に、それはリーナへのトドメになったようだ。

「あっあっ♥　イクッ、もう、んぁ、あっ、ああっ！」

むぎゅ、むぎゅっと断続的に締めつけてくる。さすがにこれは、耐えられそうもない。

「ぐっ、僕も、うぁ……」

精液が駆け上ってくるのを感じる。真上にあるリーナのおまんこ目指して、欲望が溢れてきた。

「んはっ♥　あっ、だめ、もうっ、んぁっ、ああっ！　イクッ！　んはぁっ！　あっ、イクイクッ、イックウウゥゥウゥッ！」

彼女がビクンと身体をのけぞらせながら、絶頂した。

それに合わせて膣道がぎゅっと締まり、精液を求めて肉棒をしごき上げてくる。

「んはっ♥　あっ、おちんぽ、奥まできてっ、んぁ♥　突き上げられて、イってるっ……♥　んぁ、ああっ！」

その絶頂おまんこの締めつけの気持ちよさに、僕もついに限界を迎えた。

「リーナ、出るっ！」

びゅくんっ、びゅくっ、びゅるるるるっ！

そのまま、彼女の中へと遠慮なく射精した。

「んはぁっ♥　あっ、熱いの、わたしの中に、でてるっ……♥　んはあぁぁぁっ！」

絶頂直後に中出しをされて、リーナはまた感じているようだった。

おまんこがしっかりと肉棒を締め上げ、精液を逃さぬように吸っていく。

「う、あぁ……」

その気持ちよさに浸りながら、僕は脱力していった。

「あふっ……♥　フィルの熱いせーえき、わたしの中にいっぱい出てるね……♥」

そう言いながらお腹を撫でるリーナは、とても綺麗でエロかった。

「ああ、すごく気持ちよかったよ」

「わたしも……よかった♥」

そう言ったリーナが身体を倒して、優しくキスしてきた。

そんな彼女を抱きしめて、見つめ合う。

「これからも、いっぱいご奉仕してあげるからね」

「ああ、リーナとならすごく嬉しいよ」

ほんとうに、リーナが一緒に来てくれてよかった。心からそう思う
そのまま、しばらくいちゃいちゃと過ごしていくのだった。

翌日になり、昨日も話題に上がっていた畑を見に行くことにした。

ジョゼから村の現状を聞く限り、収穫はまったく望めないようだ。

最初の印象通り——場合によってはそれ以上に、この領地は疲弊している。

領地の中心となるこの村ですら厳しいとなれば、周囲の村はもっと悲惨なのだろう。

村人からも期待されているわけじゃないし、僕自身もそう大層な思いを抱いてここに来たわけではない。それでも、なにかしらは良い方向に向かえばいいけれど……。

ともあれ他にできることもないため、僕はまずは畑へと向かうのだった。

護衛としてメイガンが後ろに控え、リーナはいつものように僕の横を歩く。

そのさらに後を、この村育ちであるジョゼが、僕の動向を気にしながらついてきていた。

「聞いていたとおり、だいぶ水はけが悪いみたいだな」

「どこもドロドロだものね。これじゃ、作物は難しいわね」

僕の隣で、リーナが困ったようにうなずいている。

日本のような水田としてなら、このくらい水があってもなんとかなるのかもしれないけど……。

そもそも米に近い品種が、現状では無いみたいだしなぁ。転生してからは見たこともない。

根菜や葉もの野菜は、この状態の畑だと難しいだろうと、素人目にも思う。

村人たちがなんとか畑にしようとした場所にかがみ込み、泥をすくってみる。

馬車から眺めていたときの直感。それが正しければきっと……。

「うーん、なるほど、なるほど。いや、これは……想像以上かもね」

泥魔法を使う僕には、泥に触れることでなんとなく土壌の性質を感じることができた。

この泥はとにかく水はけが悪いため、なかなか水分が出ていかない。

僕がこれまで扱っていた、侯爵領の土地での泥とは正反対だ。

それはある意味で好都合なのではないか……そんなことを考えていると。


——この特殊な泥に触れた瞬間、僕の中に変化が起こったようだ。


僕自身の泥魔法の幅が、突然に拡がったのだ。それをはっきりと感じる。

その驚きに僕が固まっていると、リーナが心配そうに声をかけてくる。

「フィル！　だ、大丈夫？」

「あ、ああ、もちろん大丈夫だよ」

そんな彼女にうなずきながら、僕はまだ驚きから抜け出せずにいた。

それもそうだ。

僕は長年、一種類の泥しか扱ってこなかった。

乾燥していたシュイナール領で、すぐに乾いてひび割れ、もろくなってしまう役立たずの泥だ。

それしか使えなかった僕は有効活用することもできず、出来損ないとして冷たく扱われていた。

だから自分でも、自分の魔法は役に立たないと思い込んでいた。せいぜいが、昨日のような壁の穴埋め程度の能力なんだと。

先程までも、この充分な湿度があれば泥の乾きも緩やかになり、泥魔法も多少は効果を発揮しやすくなるかもなって、その程度に喜んでいたくらいだ。

けれどこれは……違う。そんなもんじゃない。

どうやら魔法で操る泥の効果は、僕自身の知識や経験に依存するらしい。

この土地の泥に触れたとき、僕の感覚の幅は一気に拡がった。

この泥に近い水分たっぷりのものから、シュイナール領の乾燥した泥まで、どんな状態のものでも作り出せるようになったのが、感覚的にわかった。おそらく成分すら変えられるだろう。

それによって、魔法の幅がぐっと拡張されたのだ。

もちろん、泥操作以外の魔法は使えないけれど、様々な状態の泥を使えるというのは、僕にとって大きな発見だった。もしかすると僕の魔法は、「泥」というよりも土壌そのものに関わる属性なのかもしれない。まだはっきりとはしないが、無限の可能性があるように思う。

なぜこれまで気づけなかったのか、なぜ勘違いしてしまっていたのか。

そんな疑問もまだ当然あるが、冷遇されていたとはいえ貴族だったし……当然のことながら、日頃からいろんな泥に触れるような機会はあまりない。

そのため、乾燥した土地であるシュイナール領の、水はけがよすぎる土壌しか知らなかった。

すぐに乾いてひび割れ、崩れてしまうような、泥魔法としては下位も下位の性能だ。

その状態しか知らなかった僕にとって、この水を豊富に含んだ土壌は何もかもが違った。

よくよく考えてみれば当然だ。

砂場の砂に水をかけたって、泥団子が関の山。それは乾けばすぐに崩れてしまう。

単純に泥と言っても、元々の土地の性質によって、まったく違うものになるのだ。

新たに得た感覚を活かし、これからの僕が生み出せるであろうバランスのいい泥は画期的だと思う。

砂や砂利とは違う、この湿ってはいるが充分に栄養も含んだ土地から得た新たな力。

今の僕なら、砂漠から肥沃な土壌までの様々な性質に分けて泥を作り出せる。

それで必ず、この村の土壌改革を行えるはずだ。

これだけでも、ここへきてよかったと思えるほどの発展だった。

「これなら……できるぞ」

様々な泥の成分をミックスできるようになったことで、農作物に向いた土が作れるだろう。

もちろん魔法で生み出される泥だからといって手品のように急に収穫できたりはしないが、土壌の性質は必ず変化するはずだ。

開墾だけはしたものの、今は畑としては使われていないと聞いていたので、僕は心置きなくこの土地を、ブレンドした新しい土壌へと変えてみた。

「フィル、これは……いったい何をしたの？」

魔法の発動を悟ったらしく、リーナが声をかけてくる。

「ああ、水はけが悪すぎるって話だったから、土を変えてみたんだ」

「ふうん？」

僕の泥魔法自体は知っていても、リーナはよくわかっていない感じで首をかしげる。

畑の見た目はこれといって変化していないし、その反応にも納得だ。

さらに言うなら、リーナは僕の泥魔法が役に立たないってところを、さんざん傍で見てきたしね。

そんな僕たちの様子を、メイガンとジョゼは不思議そうに見ていた。

「さて、どうなるかな。一応、村長に話だけはしておくか」

すでにうち捨てられている土地である以上、悪くなることはないので、ある意味気軽だ。

ダメで元々。

もし上手くいけば儲けものって感じだろう。

僕は泥の状態を魔法で調整しつつ、近くの畑を次々に入れ替えていくのだった。

これが上手くいけば、僕の魔法はかなり使えるってことになるし……。

そうで無くとも、ここの泥に触れたことで純粋に、使える魔法の幅が増えた。

これならば、他の土地でもまともに泥魔法が使えるかもしれない。

乾燥地帯であるシュイナール領では、泥はすぐに乾いて、まるで使いものにならなかった。

けれどそれは、土地の性質そのものにも問題があったのだ。

けれど保水性の高いここの泥ならば、たとえシュイナールの地でも、これまでより上手く泥魔法を使うことができるだろう。この泥をいつでも生み出せるなら問題ない。

僕は地味にテンションをあげつつ、幅の広がった魔法をどんどん試していくのだった。

数日経ってから畑を見てみると、僕が魔法を使ったところは水分がほどよく飛び、湿り気のある普通の土になっていた。

これなら作物を植えても、根腐れを起こさずに済むかもしれない。

土自体に含まれる栄養は今後も調べる必要はあるが、第一段階はクリアとみてもいいだろう。

そんな報告を村長に行うと、畑を見に来た彼はとても驚いていた。

「こ、これはいったい……あの水だらけだった畑が、しっかりとした土に……」

「これなら、少しくらいは何か育てられそうかな？」

「この土は、領主様が？」

驚きながらこちらを見る彼に、うなずいた。

「一応はね。僕のは泥属性の魔法だから、すぐには使えないのが難点だけど」

どうしても最初は水分が多くなってしまう。

これが普通の土魔法だったなら……とも思ったが、そうでもないか。土魔法の場合だと、土質そのものを変えられるって話は聞かない。多少の制限はありつつも、性質や成分まで変えられるのは、泥属性だからこそなのかもしれない。そう考えると、やはり単純な「泥」という分類じゃないのかな？

火や水といった基本属性以外は、成長するにつれて、まったく同じ属性の人というのは少なくなっていく。個別能力となってからは、あまり詳細までは判明しないのだ。

僕の泥属性もそうで、前例が少ないために情報がほぼなかった。

ともあれ、どうやら畑も改善されそうでよかった。

自分でもできることがある、というのはなんだか励みになる。

領主として赴任したはよいものの、僕に政治の手腕がある訳じゃないからね。

だからといって……なにもしない、というのはさすがに気が引ける。

「あ、あの、領主様……これは他の畑にも……できるのですか？」

「問題なさそうなら、村中で取り組んでみるよ」

「ぜひ、よろしくお願いします！」

村長はまっすぐにこちらを見つめ、お願いしてきた。

「うん、わかった」

僕はそれにうなずいて、さっそく取りかかることにする。

こういうのは、早いほうがいいしね。

「助かります……！　畑が使えるようになれば、村も……」

村長はまだ驚きの強い様子で言いつつ、僕に尊敬のまなざしを向けてきた。

ずっと無能扱いだったので、受け慣れない視線になんだか戸惑ってしまう。

「すごいです、フィル様っ！」

同じくこの村出身のジョゼも、憧れの視線を向けてきていた。

心なしか、メイガンも僕を見直したようにこちらを見ている。

なんだか、うれしさと落ちつかなさを感じながら、僕はさっそく畑の泥を入れ替えていくのだった。

高位貴族の血のおかげで、多かった魔力量。

これまでは肝心の魔法自体が役立たずだったため持ち腐れだったが、こうして活かせる場面がくると、いくつもの畑に次々と手を入れられるから素晴らしい。

その姿をまた褒められたり、さすがは男爵様だと言われたりして、なんだかくすぐったくなってしまうのだった。

そうして畑の泥をあらかた入れ替えた後は、屋敷へともどった。

最初は感じた隙間風も、ゆっくりと水分を飛ばしていった泥がちゃんと壁として機能しているため、充分に防がれていた。

そんな屋敷でのんびりしていると、リーナがこちらへとやってくる。

「今日はすごかったわね」

「ありがとう」

村のみんなからも感謝されて、まだ少しくすぐったい。

最初は僕に期待していない様子だけれど、一気に新領主様としてもてはやされてしまった。

それだけ村人にとって、使える畑の存在は大きいのだろう。

「フィルの魔法がまともに発動してるの、初めて見て、ちょっと感動しちゃったわ」

「リーナには苦労ばかりかけてたからね」

僕がそう言うと、彼女は首を横に振った。

「苦労ってことはないけど……。魔法のことで、フィルが虐げられてたのを見てたから」

「たしかに……今日みたいなところを家族に見せられていれば、扱いも違ったかもなぁ」

乾燥地帯であるシュイナール領は、農業がどうしてもやりづらい。

水属性の魔法でなんとか支えている形だ。

他の資源の輸出でも補っているから、経済的にはそう問題はないものの、自領で穀物類を生産できないのは、状況次第では大きな弱みになりうる。

そこを改善できるとなれば、僕の価値は侯爵家内でもかなり上がっていただろう。

「リーナはやっぱり、あっちの屋敷にいたかった？」

そう尋ねると、彼女はまた首を横に振った。

「わたしは、フィルと一緒ならどっちでもいいわよ」

「そっか」

そんな彼女の言葉に、ちょっと嬉しくなりながらうなずく。

ふたりで話して、しばらくのんびりと過ごした後で彼女が切り出した。

「それじゃ、今日も夜のご奉仕しましょうね」

そう言った彼女の目は、女の色を帯びていた。

「ああ……」

リーナのような美女にそんな目で見られて誘われたら、すぐにでもその気になってしまう。

「ほら、フィル」

彼女は僕の目の前で、服を脱いでいく。

リボンがほどけると、ぷるんっと揺れながらおっぱいが姿を現した。

美女がメイド服を脱いでいく姿を眺めているのは、とてもエロくていいものだ。

「フィルの目、もういやらしくなってるわよ♪」

「そういうリーナこそ」

僕がそう返すと、彼女は妖艶な笑みを浮かべた。

そのままストッキングを下ろしていく。

スカートの中に手を入れている姿はそそるものがあるなと思っている内に、ストッキングの下でいっそう白く見える足が現われていた。

どこであれ、隠されていた部分が現われるというのは、不思議な艶めかしさを感じさせるものだった。

そんな魅惑の足に見とれていると、彼女ははらりと服を落とす。

もともと胸の開いた大胆なデザインのメイド服だ。

脱ぐのは簡単で、リーナはあっという間にショーツ一枚の姿になってしまった。

そこで一度、僕を誘うように見つめてくる。

「ふふっ、そんなに見つめられると、ちょっと恥ずかしいわね……」

そう言いながら、少し身じろぎをするのがかえって僕の欲情を誘った。

「リーナ……」

「んっ……」

そんな僕の視線を受けながら、彼女は最後の一枚も脱いでいく。

小さなショーツを下ろしていくと、秘められた場所が姿を現した。

まだぴたりと閉じている割れ目に、視線が吸い寄せられる。

「ん、まずはわたしから、ちゃんとご奉仕するわね♥」

そう言った彼女はベッドへと上がり、僕のズボンを下ろしてくるのだった。

「フィルのここ、もう大きくなってきてるわね」

「リーナがえっちに脱いでる姿を見てたからね」

「そうなんだ♪」

嬉しそうに言った彼女は、そのまま僕の下着も下ろしてしまう。。

そして躊躇(ためら)うことなく、肉棒へと手を伸ばしてきた。

「今日はいっぱい頑張ったものね」

そう言いながら、リーナは手を動かし始めた。

「ううっ……」

彼女の細い指が肉竿に絡み、上下にしごいてくる。

僕の弱いところをすべて知っている彼女の手つきは、とてもエロい。

「しこしこ……疲れも一緒に出しちゃおうね♪」

楽しげに言いながら、手コキを続けていくリーナ。

その手つきに、僕はすぐ最大まで勃起してしまう。

「それじゃあ、まずはお口で……れろっ♥」

「うぁっ！」

彼女の舌が裏筋をべろりと舐め上げてきて、思わず声を漏らしてしまう。

「れろっ、ぺろっ……」

彼女はそのまま舌を伸ばし、ちろちろと先端を責めてきた。

「んっ……ふぅっ、ちゅっ……♥」

片手で肉棒を支えながら、舌を這わせてくるリーナ。

裸で僕のペニスを舐めている姿を見ていると、興奮が高まってくる。

「あむっ……れろっ、ちゅっ♥　こうやってぺろぺろされるの、好きだもんね？」

「ああ……うん……もちろんさ」

彼女の言葉にうなずいた。

気持ちよさで、意識がそっちへと奪われてしまう。

「れろっ、ちろっ……」

ゆっくりと舌を這わせてくるリーナに翻弄され、ただその快楽を受け止める。

「れろろっ……あーむっ♪」

すると彼女は、ぱくりと先端を咥え込んできた。

「ちゅぷっ、ん、ちゅぽっ♥」

唇が肉竿を刺激してきて、その気持ちよさにペニスが跳ねる。

「んっ♪　ちゅぷっ、ちゅぱぱっ♥」

その反応は彼女を喜ばせ、さらにちゅぱちゅぱと肉棒をもてあそんでくるのだった。

「フィルのえっちなおちんちん♥　わたしのお口で今日もいっぱい気持ちよくしてあげるからね」

「リーナ、うっ……いいよ、とっても」

「ちゅぷっ……ちゅぱ、れろっ、じゅぽっ♥」

彼女はゆるりとストロークを始め、肉竿の根元までを飲み込んでいく。

「ちゅぷっ、ちゅぱぱっ……」

美女メイドにチンポをしゃぶられる快楽に浸っていると、リーナが艶やかに目を細めた。

「ちゅぷっ……ふぅっ……、ん、んぁっ……フィルのおちんぽ、大きいから……ぷはっ。長い時間咥えてると疲れちゃうね♪」

そんなことを言いながら、一度肉棒から口を離した。

いつもは気にせずむさぼってくるのに、どうしてだろうと疑問に思っていると、彼女は唾液まみれでテラテラと光る肉棒をさすってきた。

「ほら、こんなにたくましく反り返ったおちんちん♥　こんな凶悪なものを、わたしにズポズポしちゃうんだもんね♪」

「リーナ？」

すりすりと肉棒をしごいてくる彼女。

それも十分気持ちよくはあるのだが、いつも以上に焦らすような、あるいは見せつけるかのような動きに、疑問が膨らむ。

「ね、フィル？　あとでしっかり、わたしのおまんこでご奉仕してあげるからね♪」

「あ、ああ……」

うなずくと、彼女はまた舌を伸ばしてくる。

「れろぉぉ♥」

そして大きく舌を出して、肉棒を舐め上げてきた。

「れろっ、ちゅ……ぺろっ……♥」

気持ちよさそのものよりも、ビジュアルを意識したような、卑猥な舐め方だ。

「れろろっ……ちろっ、べろぉ♥」

「う、リーナ……どうしたの」

綺麗な顔の女の子が、はしたないほど舌を伸ばして、ペニスを舐めている姿。

それは確かにものすごくエロく、僕の視界を楽しませてくれた。

「あむっ、れろっ、ちろろっ。ちゅっ♥」

次ぎに彼女は舌をローリングさせるようにして、肉棒を刺激してくる。

「う、あぁ……あぐっ！」

これもとっても派手な責め方だ。気持ちよさはもちろん、いつも以上に視覚に訴えかけるご奉仕に、僕はどんどんと高められていく。

「れろぉっ……ん、ちゅっ、ちゅぽっ……」

「リーナ……」

いつもとは違う様子に声をかけると、彼女はいたずらっぽい笑みを浮かべた。

「どう？　見た目、いつもよりエロいでしょ？」

「ああ……」

僕がうなずくと、彼女は笑みを深くしながら、チンポを舐めてくる。

「んむっ、ちゅっ、れろろっ……」

彼女はまたべろべろと肉竿を舐め回し、下品なくらいに音を立ててくる。

「じゅるっ、れろろっ、じゅぽっ♪」

そのまま舐め回されて、気持ちよさが膨らんできた。

「んむっ、れろっ、ちゅぽっ♥　ふぅっ……ね、そろそろ出てきたら？　すっごい興味津々なんでしょ？」

リーナが廊下のほうへそう声をかけると、観念したようにドアが開いていった。

「うぅっ……」

そこにいたのは、メイガンだ。

彼女は顔を真っ赤にして気まずそうにしつつ、その視線はリーナが僕のチンポを舐めているところへと向いていた。

「ふふっ♪　見ながら、ひとりでいじってたの？」

「そ、そんなことはっ……」

彼女は赤い顔で必死に否定する。

普段はクールな彼女のそんな姿は、なんだか新鮮でかわいらしい。

「その様子だと、興味はあるけどあまり慣れてはない感じかな」

言いながら、リーナはいたずらっぽい笑みを浮かべる。

「とにかく、こっちにおいでよ」

「は、はい……」

のぞきがばれてしまったためか、メイガンは素直にリーナに従った。

その最中も、メイガンの視線は僕の勃起チンポをちらちらと見ていた。

まあ、確かに気にはなるだろうな……。

「ね、見ててどうだった？　メイガンはどこでこのおちんぽにご奉仕したい？　わたしみたいにお口？　大きなおっぱい？　それとも……おまんこでご奉仕したい？」

「わ、私は！　……うぅっ……」

彼女は勢いよく否定しようとしたものの、見せつけられてもうすっかりとスイッチが入ってしまっているのか、迷うようなそぶりを見せた。

そんな彼女に、リーナが迫っていく。

「素直になっちゃいなよ。ここにはわたしたちしかいないんだし。それに、これからここで一緒に暮らしていくんだから、溜めこむのはよくないよ？」

そんなふうに促されて、メイガンも乗せられてしまったようだった。

「その、興味はあるけど、初めてで……」

「そうなんだ。それじゃ、いっしょに気持ちよくなろうね♪」

そう言いながら、リーナがメイガンへと近寄っていく。

そして、彼女の服へと手をかけた。

「まずはメイガンも脱いじゃいましょう♥　ほら……」

「きゃっ、やめっ……」

かわいらしい悲鳴を上げる彼女にかまわず、リーナが服を脱がせていく。

メイドとして一通り身の回りの世話ができる彼女は、服を着せたり脱がせたりするのも当然得意なのだった。

元々、動きやすさ重視で軽装のメイガンの服は、すぐに脱がされてしまう。

きゅっと引き締まったくびれと、リーナ以上に大きな爆乳おっぱいのギャップがすごい。

たゆんっと揺れて柔らかそうなそれに思わず目を奪われると、視線に気づいたメイガンは恥ずかしさに身もだえていた。

「ひうっ、あの、フィル殿、あぅっ……♥」

しかし、先に自分がのぞき見ていた手前、それ以上は言えないみたいだ。

僕の視線を恥ずかしがりつつも、メイガンの興味はまだまだ肉棒へと向いているし。

「ね、フィル、せっかくだしメイガンをかわいがってあげましょう？」

「ああ、そうだな」

僕はうなずくと、メイガンへと近づいていく。

「ひゃうっ、あっ……♥」

女騎士は羞恥に身もだえつつも、逃げはしない。

そしてその目には確かな好奇心と期待があった。

いつもは真面目でお堅い印象だが、リーナとのセックスをのぞき見ていたこともそうだし、本当はけっこうえっちな女の子なのかもしれない。

もちろんそれは、僕には大歓迎なことだ。

そしてまずは、そのたわわな果実へと手を伸ばしていった。

「あんっ」

むにゅんっと揺れて、爆乳が僕の手を受け入れる。

柔らかなおっぱいに指が沈み、メイガンはかわいい声を漏らした。

そのままむにゅむにゅと爆乳を楽しんでいく。

「あっ、ん、あぁ……フィル殿の手が、私の胸を、あっ、んっ……」

「こんな大きなおっぱい、揉まれないのはもったいないもんね♪」

リーナも楽しそうにそれを眺めている。

「はぅっ、ん、あっ、あぁ……。フィル殿の手、んっ、大きくて……これが男の人の、んっ、あっ、うぅっ……」

「たしかに。メイガンの手は華奢だもんね。自分とするのとは違うでしょ」

「あぅっ……」

リーナの指摘に、彼女は顔を赤くした。

柔らかなその爆乳を楽しんでいると、乳首が硬くなっていくのがわかる。

僕はそんな乳首を軽くつまんだ。

「ひゃうっ♥　あっ、フィル殿、んぅっ」

敏感に反応したメイガンを見ながら、僕はさらに指先で乳首をいじっていった。

立っている乳首をつまみ、くりくりといじっていく。

「あうっ、乳首、そんなに、んっ……」

メイガンはかわいらしく反応しながら、軽く身をよじらせる。

その姿は可憐でありながらもエロく、僕を興奮させていった。魔法も使えるようだし、もともとは貴族のお嬢様気質もあるのかもしれないな。

手のひらで爆乳を楽しみながら、さらに乳首を刺激していく。

「んぅっ、あっ、だめっ……んぁっ……」

メイガンは声を上げながら、潤んだ瞳で僕を見上げた。

いつものキリッとした様子とは違う、女の子としての姿は僕の欲望をさらに滾(みなぎ)らせていく。

「あふっ、ん、あぁっ……」

メイガンも、もうすっかりと気持ちよくなっている様子だ。

それを確かめながら、僕は手を下へとずらしていった。

「んぅっ、フィル殿……？　あっそこは、んっ――」

下着の上から、彼女の割れ目へと指を這わせてみた。

そこはもうはっきりと濡れている。

「あぅっ、んっ……」

「ほら、脱がせちゃうね、メイガン」

そう言いながらリーナが、メイガンを容赦なく裸にしていく。女の子を脱がすのも上手いようだな。

僕は一度手を離し、その魅惑の光景を眺める。

「あっ、んっ……！」

目の前でメイガンが脱がされていき、秘められた場所が露（あらわ）になってくる。

その様子はちょっと百合っぽくて、自分で脱がすのとは違った趣があった。

「あぅっ、私、見られて……フィル殿が……んぅっ……」

メイガンは恥ずかしそうにきゅっと足を閉じる。

けれどリーナが、そんな彼女の足を再び開かせていった。

「ほら、隠してたらダメ」

メイガンも内心では期待があるのだろう。

リーナが手を添えると、恥ずかしがりながらも足を緩める。

本当に抵抗するつもりなら、メイガンのほうがずっと力もあるし、こうはいかないだろう。

「あぅっ……♥」

彼女は足を大きく開き、その潤みを帯びたおまんこを僕に見せていた。

まだ何も受け入れたことのない処女の秘裂へと、僕を指を伸ばしていく。

しっかりと閉じてはいるが、蜜が溢れ出ているのもわかった。

「んぁっ、あぅっ……！」

その柔らかな土手に直接触れ、指を動かしていった。

「あぅっ……フィル殿、ん、あぁ……♥」

メイガンは甘い声を漏らしていく。僕はそんな彼女のおまんこを、指でくぱぁっと押し開いた。

きっとこれが、男に秘穴を晒した初めての瞬間に違いない。

「あぅっ……そんな、んぅっ……」

メイガンは羞恥に身もだえるけれど、やはり抵抗はしない。

開かれたおまんこは綺麗なピンク色で、処女膜もしっかりと見える。

もう愛液で濡れているそこが、小さくひくついているのが艶めかしい。

「あぁ……ん、うぅっ……」

そして膨らんだクリトリスも、包皮に包まれつつ存在を主張している。

僕は小陰唇のあたりをなぞり上げるように刺激して、指に愛液を塗りたくっていった。

「あふっ、あっ、んぁっ♥　フィル殿の指が、私の、あっ、んぅっ……♥」

与えられる刺激に、かわいい声を漏らしていくメイガン。

そんな彼女の初々しいおまんこを、丁寧に愛撫していく。

「ひうっ、ん、あっ、あぁ……」

「ほらほら、もっと感じて」

ひたすら恥じらうメイガンにリーナが声をかけて、さらに羞恥を煽っていった。

「あぅっ、んっ……」

初めて異性に触られることに加えて、同性のリーナにまで見られているということが、メイガンにとっては非日常感が強いのだろう。

そのぶん大胆になれもするようで、彼女は清純な愛液を溢れさせながらも、軽く腰をこちらへと突き出すようにしてきた。

「んくっ♥ あっ、もっと、あっ、あああっ！」

声をあげる彼女を眺めながら、今度は最も敏感な場所、クリトリスへと軽く触れた。

「くぅんっ♥」

淫芽に触れられたメイガンは、身体をびくんと跳ねさせる。

僕は慎重に、未経験なクリトリスを指先で刺激していった。

「んはっ、あっ、フィル殿、そこ、あっ、だめぇっ……♥」

メイガンはかわいらしく喘ぎながら、初めての刺激を受け止めている。

僕はさらに指先を動かし、陰核へと愛撫を続けていった。

「んはっ♥ あぁっ、そこは、んぁっ、ああっ！ 感じすぎて、あっあっ♥ だめ、ん、ああっ！」

快楽に身もだえるメイガンは、クリへの愛撫でもうイキそうみたいだ。

年頃だし、多少は自分でも弄ったことがあるのだろう。だがそれはきっと、男の愛撫とはまったく違ったに違いない。

とにかく、一度イっておいたほうがこの後もスムーズだろう。

僕はそのまま敏感な淫芽を指で擦り、軽く押して、彼女を快感へと導いていった。

「んぁっ♥　あっ、だめっ、イクッ！　あふっ、あぁっ……フィル殿に、いじられて、イカされちゃうっ♥」

嬌声をあげるメイガンを楽しみながら、僕は彼女を追い込んでいった。

「あぁっ、もう、んぁっ、ああっ、イクッ、イクウゥゥッ♥」

びくんと身体を跳ねさせながら、メイガンが絶頂を迎える。

ひくつくおまんこから愛液があふれ出し、僕の手を濡らしていった。

「あっ、あぁ……♥」

うっとりとした彼女は放心状態みたいだ。

いつもはクールな女騎士のはしたないイキ姿を見て、僕の肉棒ははちきれんばかりに滾っていた。

「あぅ……フィル殿、それ……」

メイガンの目が、その肉槍を捉える。

「そんなに反り返って……それが、その、私の中に……」

「ああ、そうだね」

僕はうなずく。

彼女のおまんこもすっかりと蕩けていて、肉棒を待ちわびているようだった。

「あぅ……すごい……大きくて、血管も浮き出ていて……そんなのが、私の……おまんこの中に……ごくっ♥」

彼女自身も、とても期待しているようだった。

膣内のほうも一度イって十分に濡れているし、これなら大丈夫だろう。

「それじゃ、挿れるよ？」

「はい……フィル殿のおちんぽ、私のおまんこに挿れてください……♥」

すっかりと蕩けた表情で言うメイガンの膣口に、僕は肉槍をあてがった。

「あっ♥ すごい、熱くて硬いの、あたってる……♥」

僕のほうの先端も先走りで濡れ、異性を待ち焦がれている秘穴の襞を感じでいた。

「うん、いくよ……」

そう言って、ゆっくりと処女の中へと腰を進めていく。

「あっ、ん、ああっ♥ すごい、おちんぽが、私のおまんこ、押し広げて、んっ……」

彼女が小さく声を上げる。男と結ばれる瞬間に感動しているようだ。

少し進んだだけで、肉棒の先端に侵入を食い止めるかのような膜の感触がある。

僕はそこで一度腰を止めて、彼女見る。

「フィル殿、きてくださいっ……♥」

するとメイガンがおねだりしてきたので、僕はもう止まれなかった。

それに応えるように、腰を強く押し進める。

亀頭が処女膜をメリメリと割り入っていく。

そして不意に抵抗がなくなり、肉棒が温かな膣内へと埋め込まれていった。

「んはぁぁぁあぁぁっ♥」

生まれて初めて挿入されたメイガンが、大きな声をあげる。

「あぁっ♥　すごい、私のお腹に、大きいの、入ってきてっ……♥　硬いのが、ぐいぐいひろげてきてますっ……」

ぬぷりとおまんこに肉棒を受け止めて、甘い声を漏らした。痛みはそれほどでもなさそうだ。

「ああ、入ったよ……」

「フィル殿のおちんちんが、あぁ……♥」

僕はメイガンの処女まんこを貫いたままで、しばらくじっとしていた。

十分に濡らしてあったとはいえ、初めての挿入でいきなり動くのは大変だろう。

そうしてメイガンが落ち着くのを待つ間、僕は隣にいるリーナへと手を伸ばした。

「んっ、フィル、んぁっ……」

「リーナも、もうここをこんなに濡らしてる」

すでに裸になっている彼女のおまんこを、指でいじっていく。

「あうっ、んっ……」

くちゅくちゅと音を立てながら、リーナのおまんこをいじっていった。

「ん、ああっ……フィル、んっ……」

「フィル殿、んっ……私は、もう大丈夫ですっ……フィル殿の……その、おちんちんが、なじんできました。……気持ち良く……なってください♥」

「そうか。それじゃ、動くよ」

「はいっ、ん、ああっ♥」

そう言ってゆっくり腰を動かし始めると、メイガンがさらに甘い声を漏らす。

不慣れで狭い膣内が、必死に肉棒を締めつけてきていた。

「ひうっ、あっ、ああっ……太いのが、私の中、擦り上げてきてっ……♥　すごい、んぁっ、あっ……♥　せっくす……すごいです♥」

蠕動する膣襞を擦り上げながら、腰を往復させていく。

「あふっ、んぁ、ああ、ああんっ……♥　お腹の奥が、すごく熱くてっ……んぁ、あっ、んくうっ……♥　すごい……すごく幸せな気持ち良さ……かも♥」

そのまま動き続けると、彼女の口からは嬌声が次々に溢れてくる。

「ふふっ、そろそろ良くなってきたみたいね」

隣にいたリーナが、笑みを浮かべて彼女のほうを見た。

「こんなの、んぁ、ああっ……！　フィル殿、んぁ、あぅっ、私っ……こんなの、んぁ、しらない……しりませんでした、ああっ、んああっ♥」

「大丈夫。もっと気持ちよくなって乱れていいよ」

「あふっ、あっ、はいっ♥　んぁ、あ、ああっ！」

生真面目なメイガンが、感じてよがっている姿はギャップもあってものすごくエロい。

そんな彼女を堪能しつつ、リーナにも愛撫を行っていく。

「あんっ♥　ん、もっと、んぁっ！　フィル、もっとぉ！」

「ひゃうっ!?　はっ、ああぁっ！　私は騎士なのに、こんなっ……ひゃうんっ！」

「こうして身体を重ねているときは、ただの女の子なんだから、好きに感じていいんだよ。ほら、えいっ」

「んくうぅっ♥　あ、あぁ……♥　フィル殿のおちんちんが……んぅっ、私の中、ズンズン突いてきて、んぁっ♥」

そのまま腰を打ちつけていくと、彼女の声も熱を帯びていく。

「んはぁっ♥　あっあっ♥　だめ、フィル殿、私、もうっ……♥　んぁっ」

「う、あぁ……いいよ、メイガン。好きなときにイって」

そう言いながら、僕は腰の動きを激しくしていった。

「んはぁっ♥　あっ、だめぇっ……！　もう、イクッ、イっちゃいますぅっ♥　はしたなく感じて、こんな、んぁっ♥」

きゅっきゅとおまんこが蠢いて、肉棒に吸いついてくる。

処女の蜜壺を汚す強い欲望のまま、僕は腰を打ちつけていった。

「んぁ、あっあっ♥　だめっ、フィル殿っ♥　んぁっ♥　イクッ、もうっ、んぁっ、あっ、私、んぅっ、あぁっ……」

「ぐっ……すごい締めつけだ……」

処女まんこはしっかりと肉棒を咥えこんできて、僕のほうも限界を迎えつつあった。

「あふっ♥　んぁ、ああっ、らめぇっ……。イク、私っ、んぁ、ああっ、イクイクッ、イックウウウゥウッ！」

「う、ああっ……出る！」

びゅるるっ、びゅくっ、どびゅびゅっ！

僕はメイガンの膣内で射精した。

「んはぁあっ♥　あ、しゅごいぃっ♥　んぁ、熱いの、びゅくびゅくって、出てるぅっ……♥　んぁ、ああっ……」

中出しを受けて、彼女の膣内はさらに感じてしまったようだ。

その絶頂の締めつけで、僕も精液をすっかり搾り取られてしまう。

「あふっ……あぁ……すごいです……これが、セックス……♥」

メイガンは、気持ちよさに放心状態でつぶやくのだった。

「ふふっ、すっごい蕩けたお顔♪」

リーナは隣で嬉しそうにしていた。

「あぅ……♥」

「気持ちよさを知っちゃったら、もっとしたくなっちゃうでしょ？　これからはメイガンも一緒にご奉仕しようね♪」

「はい……ん、うぅ……いえ……えっと。はい、お願いしますリーナ」

メイガンはまだ恥ずかしさは残りつつも、すっかり快楽の虜になってしまったらしい。

「さて、メイガンにも気持ちよくなってもらったところで……フィルのおちんちん、まだまだ元気でしょ？」

そう言って、リーナがこちらへと迫ってくる。

「次はわたしのおまんこで、いっぱいご奉仕してあげる♥」

「ああ、そうだな」

初体験のメイガンは、さすがに今日はもう無理だろう。

けれどリーナのほうは、ドスケベな様子で僕に迫ってくる。

「あはっ♥　フィルのここってば、出したばかりなのにすっごく硬い……♥」

リーナは体液まみれの肉棒をにぎにぎと刺激してくる。

「わたしのアソコも、いっぱい気持ちよくしてね？」

「ああ、もちろん」

僕は彼女を抱き寄せる。

柔らかな女の子の身体。慣れ親しんだ、リーナの心地よい体臭。

そして、待ちきれないとばかりにじっとりと潤みを帯びたおまんこ。

まだまだ夜は長そうだった。

第二章　新しい魔法と盗賊の襲撃

泥魔法で土壌をいじった結果、これまでは水はけが悪すぎて使いものにならなかった畑が、どうやら上手くいっているらしい。

まだまだ収穫には時間がかかりそうなものの、芽が出て育ち始めたことで、村の中は賑わっていた。

農作物が採れるということは、ストレートに食生活に関わってくる。

そういうこともあって僕は、村の人から一気に尊敬を集めることになったのだった。

最初は領主といっても名ばかりで、流されてきただけの貴族だろうという感じだったのが、今ではちゃんと敬われている。

これまでずっと役立たずの魔法だと言われてきた僕にとっても、なんだか新鮮な状態だった。

そんな訳で、僕はこちらでの暮らしをのんびりと謳歌しているのだった。

これといって何事も起きないけれど、無駄に見下されることもなく、ぼーっとしていられる快適な暮らしだ。

今日もゆったりと田舎暮らしを楽しんでいると、しかし、メイガンに苦言を呈されてしまった。

「フィル殿、最近は何もしてなさ過ぎではないですか？　ご領主として、もう少しは活動されたほうが……」

「とは言ってもね」

これまでは領主のいなかった、放置されていた土地だ。中央への義務とかも別にない。決して裕福ではないものの、村はこれまでも存続はできていた。そんなところにいきなり現れた僕が、村の政に変に口出しをしても、かえって困らせてしまうだけだろう。

一応は領主としては、相談や陳情があればできる範囲で頑張るつもりはあるけれど……。

今のところは、領主に何かを求めてくるということはなかった。

まあ、変に何かを頼めばやぶ蛇になって、赴任を機に税を取ります……みたいなことになりかねないでも思われているのかもしれないし。

貴族にそういうイメージがあるのは、おかしなことではない。

「領主としてまだ実績のない僕が、余計な口出しをしてもうっとうしいだけじゃないかな」

そうは言ってみるものの、根が真面目なメイガンは、すんなりとは納得してくれない。

「待っているだけでなく、自分から動いてみることも必要ですよ。良き領主として、人々の声に耳を傾けるとか……」

「それも……どうなんだろうね。領主……というか貴族が村中を散歩気分で歩き回るって、あまり歓迎されないと思うけど……」

まあ、僕自身が面倒という気持ちもないではないし、まだなじみのない土地で、知らない人と接するのも得意じゃない。

そんな個人的な理由もあるけれど、それを置いておいてもだ。逆の立場で僕が村人側なら、そんなのは面倒だと思うタイプだ。

　これまでいなかった領主が、わざわざ見回りに来るなんて……なにかあると勘ぐってしまう。

「いえ、このグラウ村以外の村のみんなも、フィル殿に会ってみたいはずですよ。こうして怠けてばかりではいけません」

「そうかなぁ……」

「私が準備を進めておきますから、ちゃんと顔を出しましょう」

「まあ、メイガンがそう言うなら、いいけどね。じゃあ、根回しは頼むよ」

　お披露目として挨拶するくらいならいい、のかなぁ。

　僕自身はのんびり暮らせたらそれでいいので、貴族だぞと威張り散らすつもりはないけれど、村の人もそう思ってくれるだろうか？

　変におびえられたり、気を遣われたりしないといいけれどなぁ、とも思うのだった。

●

　そんなわけで他の村への見回りに行くことにはなったけれど、現代日本と違い、「じゃあ今から電車に乗って隣の村に」という訳にはいかない。

　それこそ、急に来られたほうもびっくりしてしまうだろうしね。

　メイガンが村長たちに手配して、それぞれの村へどういうスケジュールで領主が顔を出すのかということがちゃんと通達されてから、だ。

そのため、まだ数日はのんびりとできる。

というわけで夜を迎えると、今日はリーナとジョゼが僕の部屋を訪れたのだった。

「そろそろ、ジョゼにもご奉仕を教えようと思って」

そう言ってノリノリなリーナ。

どうやら彼女は、他の子に奉仕を教えるのが好きみたいだ。さすがは侯爵家代々のメイドさんだ。

「無理はしなくてもいいんだよ？」

僕はそうジョゼに声をかける。

興味津々で覗いていたメイガンは、リーナに誘われてよかったみたいだし、あの後ではひとりでご奉仕することもあった。

昼間はああして僕に苦言を呈していたけれど、仕事として言うべきことは言い、ご奉仕はご奉仕、という感じだ。

昨夜だって、すっかりと乱れてえっちなおねだりをしていたし。

と、話はずれたけれど、メイガンのように乗り気なら、僕としてはもちろんジョゼも大歓迎だ。

ジョゼもかなりの美少女だし、おとなしいタイプではあるものの、そのおっぱいなどはものすごく存在を主張している。

魔法が使えるからというのももちろん大きいのだけれど、彼女が僕に遣わされた大きな理由は、やはりこの整った容姿なのだろう。

村一番の美女を差し出す、というのはベタだが有効な手でもある。

という予想もあって、もし義務に感じているのなら、その流れでジョゼを抱こうとは思わない。

そのほうがお互いのためだと思うのだ。

そんなようなことを話すと、リーナは「え、フィルは何言ってんの？」みたいなジト目で見てくるし、ジョゼは慌てたように首を横に振っていた。

「ち、違いますっ。フィル様のおかげで村に希望ができて、それで……あたしもフィル様に喜んでもらいたいって思ったんです」

「そうなんだ」

もう十分に、ジョゼは家事などをよくやってくれていると思うけれど……リーナの目が「察しなさいよ鈍感」という感じで見ていたので、僕はうなずいた。

ジョゼも年頃の女の子だ。

そういうことに興味があって当たり前だし、だとしたら僕のほうはもちろん嬉しい。

「それじゃ、わたしがご奉仕を教えてあげるから♪」

そう言ったリーナは、ジョゼの後ろへと回り、彼女の服に手をかけた。

「まずはそのおっぱいを使ってみようか」

「あっ、リーナさん、んっ」

リーナがジョゼの服をはだけさせていく。

するとすぐに、その爆乳がたゆんっと揺れながら現われるのだった。

ジョゼの爆乳が柔らかそうに揺れ、彼女自身は恥ずかしそうにそれを手で隠そうとする。

「やっ、んっ……」

けれどそうすることで、隠そうとした爆乳がむにゅんっと形を変えて、かえって僕の目を惹きつけてしまうのだった。

「フィル様に見られて……あうっ」

「ほら、そのおっぱいでご奉仕するのよ」

そう言いながら、リーナ自身も胸元をはだけさせる。

大きなおっぱいが揺れて、リーナはアピールするように持ち上げて見せてきた。

「うっ……」

誘うようなその仕草に、肉竿が反応し始める。

「フィルはおっぱいが大好きだから。ほら♪」

「は、はい……フィル様、んっ……あたしのおっぱい、見てください……」

ジョゼは恥ずかしさで顔を真っ赤にしながらも、その爆乳をこちらへとアピールしてきた。

不慣れさと恥じらい、それに反したおっぱいの主張に、僕は引き寄せられてしまう。

「ジョゼ……」

そんな彼女に見とれていると、リーナは次々とレクチャーしていく。

「それじゃ、フィルのズボンとパンツを脱がせてみて」

「は、はい……」

言われたジョゼは、素直に従う。

そして僕のすぐそばまで来た。

「フィル様、失礼いたしますね」

「ああ」

うなずくと、彼女はおそるおそる、という感じで僕のズボンへと手をかけてくる。

そして不慣れな様子でズボンをくつろげてきた。

「ん、しょっ……あっ、これ……フィル様」

「うっ……」

彼女の手が、ズボン越しに肉棒を刺激する。

思わず、といった感じの控えめな刺激は、もどかしさと気持ちよさを伝えてきた。

「だ、出しますね……」

ジョゼはそう言うと、慣れない手つきで僕のズボンと下着を下ろしていった。

「ひゃうっ……あっ♥」

解放され、飛び出してきた肉竿に目が釘づけになる。

「これがフィル様の……♥　大きい……♥」

興味津々、といった様子で女の子に肉棒を見つめられると、こちらも興奮してしまう。

「ふふっ、フィルってばもうガチガチに勃起してる♪」

そう言ってリーナが、さらにジョゼをうながしていく。

「それじゃその勃起おちんちんを、おっぱいで気持ちよくしていこうか。ほら、こうやって……んっ、しょっ」

「うおっ……」

リーナがそのおっぱいで、肉棒を包み込んでくる。

柔らかな乳房に挟み込まれる気持ちよさに、思わず声が漏れた。

けれど、その柔らかさはすぐに離れてしまう。

それを惜しんでいると、リーナがジョゼを促した。

「こういう感じで、おっぱいでおちんちんを挟んで刺激するの♪　せっかくだし、ふたりで両側からやってみましょう」

「はいっ」

答えたジョゼが逆側に来て、その爆乳を持ち上げる。

ボリューム感たっぷりの乳肉が強調される様子は圧巻だ。

「フィル様、いきますね……えいっ」

むにょんっ。

「わたしももう一度、それっ」

ぽよんっ。

ふたりのおっぱいが、両側から肉棒を包み込んできた。

二つの柔らかな双丘に、肉棒が埋もれてしまう。

「はぅっ……おちんちん、すごく熱いです……おっぱいがヤケドしちゃいそうなくらい……」

「それに、すっごい硬いわよね♪　こうやって、むぎゅーって力を入れると、おっぱいを押し返してきちゃう♥」

「あぅっ、リーナさん、そんなに押したらあたしまで、んっ……」

「う、あぁ……」

ふたりのおっぱいに圧迫されるのは、とても気持ちがいい。

それに加え、美女ふたりの大きな胸に包みこまれているという豪華感もある。

その気持ちよさに浸っていると、ご奉仕が始まる。

「こうやって、おっぱいでおちんちんを刺激していくの」

リーナが胸を押しつけながら動かし、肉竿を気持ちよくしてきた。

「こ、こうですか？　えいっ」

「うぁ……」

それに習って、ジョゼもおっぱいを動かす。

ふたりからのパイズリは気持ちよく、僕も声を漏らしてしまった。

「ん、しょ……」

「そうそう♪　こうやって、えいっ♥」

ふたりはそれぞれに胸を動かし、パイズリを続けていった。

ボリューム感たっぷりのおっぱい、それもふたり分に包み込まれて、ただただ快楽に身を任せる。

「あふっ……フィル様、あたしのご奉仕、気持ちいいですか？」

「ああ、すごくいいよ」

僕が答えると、ジョゼは照れつつも嬉しそうな笑みを浮かべた。

そしてそのまま、ふたりのおっぱいを堪能していく。

「ん、しょっ……」

「えいえいっ♥」

むにゅむにゅとおっぱいに包み込まれている僕はもちろん、だんだんとふたりのほうも感じてきているみたいだった。

「ん、リーナさん、んっ……」

「んー？　ジョゼ、どうしたの？　えいっ」

「ひゃうっ♥」

リーナがぐっと胸を押しつけると、それに刺激されたジョゼが声をあげる。

「あら？　ジョゼのここ、なんだか反応してきてない？」

そう言ってリーナが胸を動かしていく。

「あんっ、ダメです、リーナさん、そこっ……ん、乳首、刺激しちゃ……んぁっ」

「えいえいっ♥　ぽちっと膨らんだ乳首、こうして擦って、ほら」

「んはっ♥　あ、あぁ……」

美女ふたりがおっぱいを押しつけ合っている姿は眼福だ。

感じているリーナもかわいらしい。

「あっ、だめ、んっ……あたしも、えいっ」

「ひゃんっ♥」

反撃に出たジョゼに、リーナも嬌声をあげる。

責められるリーナも乳首は敏感みたいだ。

「あっ、もうっ、ん、えいえいっ」

「ひゃうっ、もうっ、ん、あぁ……」

「う、ふたりとも……」

彼女たちが互いに胸をこすりつけ合い、感じさせ合っている姿はとてもエロくて最高だ。

けれど同時に、そのおっぱいには僕のチンポが挟まれているわけで。

間にある肉棒は、乳圧にむにゅむにゅと刺激されて、どんどんと気持ちよさが蓄積していく。

「おちんちん、おっぱいに挟まれて気持ちいいでしょ？」

「ああ……」

「ね、ジョゼ、ご奉仕はどう？」

リーナは攻めの手を緩めると、あらためてジョゼに尋ねた。

「あぅっ……すごくドキドキして……あたし……♥」

「ふふっ、それじゃ、もっと気持ちいいこと、しようか？」

「気持ちいいこと……」

「今度は、ジョゼのここを使って、このおちんぽにご奉仕するの♥」

「あっ、んっ……そこは……♥」

リーナは、ジョゼのショーツの中へと手を忍び込ませた。

「あ、だめっ……」

「もう濡れてるわね。ね、フィル」

「ああ」

彼女に促されて、僕はジョゼの下半身へと潜り込む。

「あっ♥　フィル様、だめぇっ……」

そこには、発情した彼女の匂いがこもっていた。

ショーツはしっとりと湿っており、秘めるべき場所のシルエットを浮かび上がらせてしまっている。

僕はそんな下着に手をかけて、脱がせてしまった。

「あうっ……あたしの、大事なところ……フィル様に見られて、あっ♥」

そこから、また愛液が溢れてくる。

見たところ、ジョゼは初めてみたいだ。僕はジョゼの処女まんこを指でいじっていった。

「ひゃうっ、ん、あぁ……♥」

くちゅくちゅとえっちな音をさせながら、割れ目をなぞり、軽く押し広げる。

メイガンに続いて、またこんなにもかわいい子の初体験を貰えるなんて、とても興奮してしまう。

くぱぁっと押し広げられたおまんこは、処女膜に守られながらもメスの香りを放って僕を誘っていた。

「んはぁっ、あ、ああっ……」

僕はそこへと顔を近づけ、観察しながらいじっていく。

「あぁ、フィル様っ……♥　そんなに、んぁ、じっくり見ちゃだめですぅっ……」

おまんこをいじられ、じっくりと観察されるジョゼは、羞恥に身もだえながら声をあげている。

そんな彼女の姿が、さらに僕を興奮させていくのだった。

「もうすっかり濡れて、とろとろだ。えっちな愛液が溢れてきてるな」

「やぁっ……♥　だって、フィル様が、あっ、んぅっ……」

「どう、ジョゼ。もうおまんこ切なくなってきて、おちんちん挿れてほしい？」

「あぅっ……」

リーナの問いに、ジョゼは恥ずかしそうにしながら答えた。

「はいっ……挿れて、ほしいです……。あたしの初めて、フィル様に捧げたいですっ……」

健気なジョゼの姿に、僕の肉棒がいきってしまう。

「そうなんだ♪　だって、フィル」

「ああ……嬉しいよ」

「フィル様のおちんぽで、貫いてほしいですっ……♥　あたしのおまんこに、フィル様のおちんぽを……♥」

そんなジョゼに応えようとした僕を、リーナが急に押し倒してきた。

「ほら、ジョゼ……フィルにまたがって、おちんちん咥えこんじゃいましょ」

そう言ったリーナが、僕の上に乗ってくる。

「あ、は、はいっ……そうですね。このたくましいおちんちんに……♥　あたしのおまんこで、ご奉仕を……♥」

ジョゼがうっとりとした赤い顔で、僕の上にまたがる。

「う、あぁ……ちょっと、ふたりとも」

そしてすでに天を突くほどに滾っていた肉棒をつかんだ。

「ああ、すっごく熱くて、硬いおちんちんです……♥　これを、あたしのおまんこに挿れて……あぅ、あぁ……♥」

ジョゼの腰がゆっくりと降りてきて、亀頭を膣口へとあてがった。

とろりと愛液がこぼれて茎に伝い、肉棒を濡らしていく。

僕の先端が、ふにっと柔らかな陰唇をかきわけるのがわかる。

今から入る。ジョゼの初めてのおまんこに。

「あふっ、フィル様、いきます……」

「ああ」

うなずくと、彼女はそのまま腰をおろして、肉棒を迎え入れていく。

「んぅっ、あっ、太い……んっ……」

すぐに亀頭が処女膜に当たる。

ジョゼはゆっくりと、そのまま体重をかけていった。

みちみちっと膜を裂いていくのがわかり、今度は一気に肉棒が飲み込まれた。

「んくうぅぅっ♥　あ、あああっ！」

ずぶりと肉竿を咥えこんだジョゼが、声をあげる。

熱い膣襞がしっかりと肉棒を包みこんでいた。もちろん、とてもキツい。

「あっ、ふぅっ、うぅ……いた……う」

「無理しなくていいよ」

「はい、フィル様……ああ、すごいです……♥　あたし、フィル様とひとつに……。ん、ふぅっ……あぁ……」

ジョゼは初めてチンポを受け入れるきつさと喜びを、同時に感じているようだった。

「ジョゼ、こっちをいじって気持ちよくしてあげる♪」

「あんっ、リーナさんっ、んっ……」

リーナはジョゼのおっぱいへと手を伸ばし、そこを揉んでいった。

気持ちよさを膨らませて、傷みを楽にしようということだろう。

僕はそんなリーナを引き寄せることにした。

「それなら、リーナも気持ちよくなっていたほうがいいだろ？」

「あ、んぅっ♥」

リーナはそのまま、僕の顔へとまたがってきた。

僕は目の前の下着をずらし、リーナの慎ましいおまんこへと口を寄せる。

「あんっ、ん、あぁっ……」

「あふっ、んあ、ひゃうっ……♥」

僕の上からはいま、ふたりの美女の艶めかしい声がしている。

ジョゼのおまんこにチンポを咥えこまれながら、リーナのおまんこをクンニしていくのはとても楽しい。舌を伸ばし、その割れ目を舐め上げていった。

「んぁ、あ、あぅっ……ほら、ジョゼ、んぅっ」

「ひゃうっ、リーナさん、あぁ……」

リーナのほうも、ジョゼのおっぱいを愛撫しているようだ。

僕らはしばらくそのまま、気持ちよさを高め合っていった。

「あふっ、あの、そろそろ大丈夫そうです……♥　おちんちん、気持ちよくさせてください」

そう言ったジョゼが、ゆっくりと腰を動かし始める。

「うぁ……ちょっと柔らかくなったね」

みっちりしっかりと絡みついてくる膣襞が、もぎゅっと肉棒を擦り上げる。

彼女が腰を上げると、そのまま肉竿が引っ張られた。

その密着感と気持ちよさに、思わず反応してしまう。

「んんっ……はぁ、んひゅっ！　ま、また中で大きくっ、あぅっ！」

「慌てなくて大丈夫、そのままゆっくりね♥　ジョゼ♥」

「は、はいっ……んっ……ひゃ、はぁっ……！」

ご奉仕の先輩であるリーナに指導されながら、少しずつ腰を動かすジョゼ。

ふたりの美少女が僕の上で腰をくねらせ乱れていると想像すると、こっちも気分が高まってくる。

「はぁ、はぁっ、んぅっ……これっ、きもちいいっ……んぅっ！」

「良くなってきたみたいね。わたしも……んっ、あぅっ！　フィルの舌がっ！」

ジョゼの嬌声にリーナの声が合わさる。

ふたりの甘い声が交互に響いて、僕の頭の中が興奮でどんどん熱くなっていった。

「はうっ、ん、あっ、ああっ……」

「あんっ、フィル、そこ、んぁっ……！」

ジョゼに騎乗位で腰を振られながら、リーナのクリトリスに吸いついていく。

「んぁ、フィル様のおちんぽが、んぁ、ああっ……」

「あふっ、ん、くぅっ♥」

彼女たちのエロさを存分に楽しみながら、射精欲が膨らんでいく。

「あぁっ、フィル様……あたし、もうっ、んぁ、あっあっ♥　らめぇっ……♥　んぁ、あっ……ああっ！」

ジョゼは腰を振りながら、あられもない声を出していく。

「あふっ、んぁ、フィル、あっ、クリ、そんなにされたら、わたしも、んぁ、イクッ、イっちゃう♥」

ふたりともが、僕のチンポと舌でよがっている。

そのことに満足感を覚えながら、ラストスパートをかけていった。

舌をさらに激しく動かし、下から腰を突き上げる。リーナもジョゼも、同時に味わいたかった。

「んはっ♥　あっ、フィル様、それっ♥　んぁ、らめぇっ！　いくっ、んぅっ」

「んくぅっ♥　あ、フィルっ！　もう、あっ、んぁっ……イクゥッ！」

ふたりの声が限界を告げ、そのおまんこがひくついている。

僕自身も、もう限界だ。

「あぁっ、フィル様、もう、あっ、んぅっ」

「わたしも、んぁ、あ、あっあっ♥」

そして彼女たちの声が重なったとき……。

「「イックウゥゥウゥウッ！」」

びゅるるっ、びゅくんっ！

それに合わせて、僕も思いきり射精する。初々しいおまんこに、我慢なしの気持ちいい放出だ。

「ひゃうぅっ♥　あっ、熱いの、あたしの中に、すごいっ……♥　出てる、あっ、あああああっ！」

初めての中出しを受けたジョゼが、感極まった嬌声をあげていく。

「おちんちん、あたしの中で跳ねながら、びゅくびゅくって射精してます……♥」

絶頂する処女まんこに締め上げられながら、僕は精液を残らず出していった。

「あふっ……んぁ……」

「はふっ……三人ですると、いっぱい気持ちいいね。ジョゼってば、すっごい蕩けた顔しちゃってる♪」

リーナが楽しそうに言いながら、僕の顔の上から腰を上げた。

愛液を滴らせながら腰が動いていき、ベッドへとぺたんと座る。

リーナはそのまま、初めてのセックスを終えたばかりのジョゼのケアをするようだった。

僕は気持ちいい余韻に浸りながら、その様子を微笑ましく眺めているのだった。

●

メイガンの勧めや手回しもあり、僕は屋敷のあるグラウ村以外の村へも顔を出すことになった。

長くなる予定ではないから、身の回りの世話などは必要ない。

僕と護衛であるメイガンの二人と、相手の村からの案内人との三人で出かけることになった。

僕たちは馬車に乗って、隣の村へと向かっていく。

全体的に水はけの悪いこの土地は、道も同様だ。

少し雨が降るとぬかるみ、車輪がとられて不安定になる。

そんな道路を、急がずのんびりと馬車に揺られていく。

「実際のところ、どうなんだろうね」

「どう、というと?」

護衛として向かいに座っているメイガンが、僕の言葉に首をかしげた。

「僕が村を回ることについて」

そう言って、視線を馬車の外へと向ける。

そこには、だだっ広い平地が広がっている。

余裕がないこともあり、開拓されていない土地だ。

旅行などにきて眺めるだけならば、のどかでいいと見ることもできるけれど、生活するとなると不便なところも出てくるのだろう。

実際、このあたりの土地に関しては、道も含めて手入れはまったく行き届いていない。

「連絡したときにはみんな、フィル殿の来訪予定を喜んでいましたよ」

そうとはいえ、だ。

領主が顔を見せに来るという話に対して、嫌がるそぶりなど見せないだろう。内心がどうであれできるはずがない気がする。

メイガンは真面目で素直なので、そういった言葉も額面通りに受け止めているだけかもしれないのだ。

まあ、あまり歓迎はされないとしても、強く嫌がられることもなさそうではあるけれど。

不出来な魔法使いだからということで、親をはじめ様々な人から受けてきた扱いや視線のこともあるし、基本的に僕は他人にはいい印象がない。

だから逆に、僕のほうがこういうことにも消極的になっているだけなのかもしれない。

そうこうしている内に、馬車は村へと到着した。

あらかじめ今回の来訪については、領主としての顔見せとともに要望があれば聞く、ということになっている。

これまではまともな税収もその仕組みもなかった、放置され尽くした土地のことだ。

実際に僕が何かできることなど、ほとんどないと思われているだろう。

村人からすれば、来てもらったところで……という感じだろう。

そんなふうに考えていた僕だったが、実際に到着してみると、村長をはじめ多くの村人から出迎えられ、思うのほか歓迎されるのだった。

「領主様！　お待ちしておりました！」

予想外の反応に、僕はたじろいでしまう。

一体、何だってこんな対応になるのだろうか。

彼らは期待と懇願を混ぜたような目で、熱心に僕を見ていた。

「久々にこの地に来た領主様ということで、一同、とても喜んでおります」

そう言う彼らの様子は、本当に僕を歓迎しているようだ。

役に立たない貴族に対する、嫌みのようなものはない。

グラウ村を訪れたときのような、「僻地に飛ばされたそちらも大変でしたね……」というような、同情でもないようだ。

あまりに不自然なのため、僕は戸惑ってしまう。

挨拶を一通り澄ませた後で、村長がおずおずと話を切りだしてきたところで、ようやく理由がわかって安心したのだった。

「なんでも、領主様は偉大な魔法使いで、畑を使えるようにすることができる、すごいお力をお持ちだと聞きました。そのおかげで、グラウ村は農業を再開できた、と」

「なるほど」

僕はうなずく。

「これまでに来られた領主様たちは、畑がよくないことを把握しつつも、手立てがありませんでした。しかしフィル様は、それをなんと短時間で改革されてしまったとか」

どうやら、畑の件が伝わっていたらしい。

さきほどの期待の視線はこれだったのかと、ようやく納得することができた。

確かに、畑がまともに使えないのはこの土地においての最も大きな問題だ。

そして魔法でとはいえ、僕は実際に畑の水はけをよくし、使えそうな土にすることができた。

おそらく過去の領主も魔法は使えたことだろう。しかし、この土地を救うほどではなかった。

だから長いこと、領主不在の土地となっていたのだ。

実際のことはともかく、グラウ村の話が伝わったことで「新領主は農業に明るく、畑を使えるようにできる」という印象になったようだ。どんな魔法かは、まだわかっていないだろうけど。

そんな領主が望みを聞きにやってくるとなれば、「うちの村も……」となるのは当然だったな。

そうとわかれば、僕のほうもそのつもりで対応するしかないだろう。

自分の力が民の役に立って、頼られるというのは嬉しいし、領内の問題に取り組むのは領主としての務めでもある。

「それじゃ、さっそくここの畑も見てみるか……今は、何かを作っているとかはないの？」

僕が尋ねると、村長は大きくうなずいた。

「はい……どうしても、現状の土では作物を育てるのが難しく……」

「わかった。じゃあとにかく行ってみよう。どの程度聞いているかは知らないけれど、僕の魔法でなら水はけは確かに改善できる。ただ、土が乾くまでには時間がかかるから、効果が出るのは明日以降だと思うけどね」

「おお……ありがとうございます！」

こんなふうに力強くお礼を言われるのは、やはりくすぐったい。

僕はそのまま、この村でも畑の土を入れ替えていくのだった。


その後も、次の村でも同じように畑についての相談を受けた。

どうやら土壌改良のことが一気に広まっていて、周囲の村も僕の魔法に期待していたらしい。

そんなわけで、次々に畑の泥を入れ替えていくことになるのだった。

できることはやるつもりだし、入れ替えが早いほうがいい、というのもわかるけれど、さすがに連続となると疲れる。

「こんなに働いたのは、初めてかもしれないな……」

「魔力は大丈夫ですか？」

僕を働かせたがっていたメイガンですら、心配そうなのが面白かった。

属性魔法までは上手く扱えない彼女にとっては、どのくらいの負担なのか読めないというのもあるかもしれない。

「ああ、大丈夫だよ」

これまでには、一日にたくさんの魔法を使うことがなかったので不慣れというのはあるけれど、魔力不足というわけではないと思う。

人によっては魔力を使いすぎると体調が悪くなることもあるらしいが、そういったことは今のところなかった。

結構な量とはいえ、基本的には得意の泥生成をしているだけなので、あまり魔力を使わないというのもあるのだろう。

高威力の攻撃魔法などは魔力消費も激しいが、それに比べれば微々たるものだと思う。

どちらかというとやはり、魔力よりも慌ただしさに戸惑った感じだ。

ともあれ、これで喜んでもらえるなら良いことだ。

畑の土を入れ替え終えた僕は、そのまま村の広場で一息ついていた。

するとそこに、すごい勢いで馬が駆けてくる。

「ご領主様！」

「どうした？」

メイガンがさっと僕の前に出て、用件を聞きに行く。

馬に乗っていたのは、見覚えのあるグラウ村の住人だった。

その慌てぶりに、何かあったのだろうとわかる。

「村が野盗に襲われて——」

「よし、戻りながら詳しい話を聞こう」

一番戦闘力のあるメイガンを先に帰らせようとも思ったけれど、僕の護衛である彼女が離れ、こちらがひとりになるのはよくないということで、馬車で戻ることになった。

その最中に、使者となってくれた村人から詳しい話を聞いていく。

といっても、詳細がわかっているわけではないらしい。

いきなり賊が押しかけてきて、村を占拠しようとしたということだった。

ひさしぶりの領主として、高位貴族家の出身である僕が来たことで、財産があると踏んだのかもしれなかった。となると、これは僕のせいとも言える。備えが足りなかったな。

「たしかに盗賊連中なんて、僕が侯爵家でどういう扱いを受けていたとか、知らないだろうしね」

「以前に来ていた領主様には、開発でさらなる利益を得ようと意気込んで、投資用の資産を持ち込まれた方もいらっしゃいましたから——」

「なるほどね」

結局、そのもくろみは上手くいかず放置されていたわけだが……。

僕が赴任してきたことで襲撃を思いついたということなのだろう。

馬車を飛ばしたこともあり、思いのほか早く村へと戻ってこられた。最後に立ち寄った村が戻りの行程で、グラウ村に近かったのも幸いだった。

すでに野盗が村を占拠しているようで、あちこちの家で人々をせっつくように出入りしている。

「私が――」

そう言ってメイガンが走り出し、野盗たちを次々に捕らえていく。

「なにを――うわっ」

反撃に出ようと剣に手をかけた野盗もいたが、メイガンにあっさりと打ち払われ、捕縛されていった。なんとなく武器を振り回すだけの野盗と、元王宮騎士であるメイガンでは戦闘力に差がありすぎるようだ。

相手の人数や武装もたいしたことはないし、この調子なら問題なくいけそうだが、状況はまだわからない。村人に怪我人は少ないようだし、僕としてはとにかく、屋敷のふたりが心配だ。

「フィル殿は下がっていてください」

「ああ、頼むよ」

僕は素直にうなずいて、彼女の後ろからついていく。

峰打ちで次々と捕らえられる野盗たちの間をくぐり抜けると、略奪の中心は僕らの屋敷だった。

やはり、僕の資産が狙いだったようだな。

「おお、本命のお出ましか」

屋敷の前に戻るとすぐに、親玉らしき大柄の男が僕を見て言った。

親玉のそばには、リーナとジョゼが縛られている。それを見た瞬間、僕の中に怒りが湧いてきた。

「ふたりを解放してもらおうか。おとなしくしていれば、今回の罪は軽くしておくよ」

村人に死者がいないなら、それでもいい。そう声をかけてみるが、相手の反応は芳しくなかった。

「へっ、そんな台詞響かねえな。それより、お宝のありかを吐いてもらおうか」

「そんなもの、ないんだけどなぁ」

実際、流されてきた僕には、貴族らしい財産なんてものはない。実家からは裸同然で放り出されているから、最低限の生活費しかないんだ。

「騎士と魔法使いを前に、ずいぶんと強気みたいだけど……」

「はん、こっちの小娘だって魔法使いだろうよ。でも、たいしたことなかったぜ？」

そう言って、親玉はジョゼへと目を向ける。

彼女はオーソドックスな、火属性の魔法使いだ。

今も、縛られているロープを焼き切るくらいのことは普通にできるだろう。

ただ、ひとりで縄をほどいたところで、野盗の群れを相手にできるほど戦闘慣れしていないこともあって、おとなしくしているようだった。

あるいは突然大人数に囲まれて怖いのかもしれないが、ジョゼの判断は正解だ。

変に勇敢に動いて、怪我をされたほうが困る。

ともあれ、ジョゼがあっさり捕まったことで、野盗は魔法使いを軽く見ているらしい。

まあ、実力のある魔法使いはほとんど貴族の中にしかおらず、彼らにはあまり縁のない存在だろうから、魔法への実感なんて湧かないのだろう。

そうなると「噂と違って、魔法なんて意外とたいしたことなかった」という感じなのかもしれない。

「それに騎士っていっても、ひとりだけだろう？　それで俺たちに勝てるとでも思ってるのか？」

そう言って親玉が目配せすると、僕らの周りを野盗たちが取り囲む。

まあこれもメイガンひとりで、あっさりねじ伏せてしまうのだろうけれど。

ただ、メイガンはあくまで僕の護衛であることと、今はリーナやジョゼという人質がいることから、順に倒していくというのは難しい。

途中で人質を盾にされると厄介だしね。

やるなら一気に、というほうがいい。

それがわかっているメイガンも、どうしたものかと思案しているようだった。

「僕がやるよ」

そんな彼女に、声をかける。

「フィル殿!?」

僕の言葉に、メイガンは驚いたようにこちらを見る。

「順に片付けていくのは、この状況だと厳しいだろう？　魔法で一気に片をつけるよ」

そう話すと、メイガンは不安そうな目を僕に向ける。

まあ彼女と違って、僕もジョゼ同様に戦闘経験があるわけじゃないしね。

しかも、出来損ないの魔法使いとして流された身だ。

メイガンでなくても、十人以上も相手にできるはずがない……と普通は思うだろう。

「こっちへ来てから、僕の泥の質はすごくよくなったからね。以前とは違うよ」

以前の僕を知らないメイガンでも、決して優秀な魔法使いではなかったのはわかっているはずだ。

前に出た僕に、捕まっているリーナが顔を向ける。

侯爵家ではまともに魔法が使えなかった僕を知っている彼女は、けれど魔法使いとしてではなく、幼なじみとしての信頼の目を僕に向けていた。

「さて」

それじゃ、やりますか。

僕は手を広げて、魔力を注ぎ込む。

「起きろ、マッドゴーレム」

両手から光が広がると、それは分散し周囲へと広がる。

そして瞬く間に地面から泥の塊が盛り上がり、泥人形が形成されていった。

僕の周りから現われた数体のゴーレムたちに、野盗が驚きの声をもらす。

「な、なんだ!?　くそっ、こけおどしだ！　ぶっ壊しちまえ！」

「命までは取らないよ。ちょっと怪我はするかもしれないけど、そこは自業自得ということで。

……行け！」

野盗たちが動き始めたが、すぐにゴーレムの腕になぎ払われていく。

「うわっ！」

「この、うぐっ」

湿度の高いこの地域では、思ったとおりゴーレムも活き活きと動けるようだ。

生み出される泥の質が改善されたこともあり、以前にはすぐに固まって砕けていたのが嘘のように、野盗たちをなぎ倒していった。

「フィル殿！」

メイガンが警告を発する。

「うん、見えてるよ。やっ！」

そんなゴーレムの隙間を縫って飛び出し、ひとりで逃げだそうとしていた親玉の足下に泥を飛ばした。そしてそのまま引きずり倒す。

「僕の領地で狼藉を働くのは、以後はやめてもらおうか。次はこのくらいじゃすまないよ」

親玉の周りにゴーレムを集めながら言うと、彼は必死にうなずいていた。

「じゃ、今回はこのくらいでいい。さっさと消えてくれ」

そう言って解放すると、彼らは一目散に逃げていった。これだけ脅しておけば、もう村を襲いに来ることもないだろう。

「ふたりとも、大丈夫だった？」

僕は駆け寄り、縄を解きながらふたりに声をかける。

見たところ怪我とかもないようだし、おとなしく捕まったことでなにもされなかったのだろう。

「ええ。縛られた手がちょっと痛いくらいね」

そう言ってリーナが笑みを浮かべる。

「ありがと。信じてたわよ」

「ああ……ありがとう、リーナ」

ダメな状態ばかり知っているはずのリーナは、それでも僕を信じてくれているのが嬉しい。

「ありがとうございます、フィル様っ」

「ジョゼも、大丈夫だった？」

「はいっ……」

ジョゼだって、こんなことは初めてだっただろう。安心で少し涙ぐんでいるようだった。

そんな彼女を抱きしめて、頭を撫でる。

「うぅ……」

彼女はそのまま僕に抱きついてきた。

「フィル殿……これまで、すみませんでした」

「うん？　ないがだい？」

メイガンが僕に謝罪してくる。

「いつもフィル殿にせっついてばかりで……それがこんな自体に繋がってしまい……」

「ああ」

まあ、元々は城で働いていたメイガンからすれば、僕はのんびりしすぎだったのだろう。

面倒に思う部分がないではなかったけれど、彼女の忠告が必要なことなのも理解はしているつもりだ。

「フィル殿は、ただ自分が頑張りたくないから、動かないのだと思っていました」

……うん、まあ、それも大いにあるけれども。

「けれど、必要なときにはちゃんと動ける方だったのですね。ご立派でした」

そう言って感心しているメイガンの姿は、ちょっとくすぐったい。

「フィル殿に仕えられて、よかったと思います」

「うん、じゃあこれからは、あらためてよろしくね」

「はい……！」

真剣に答えるメイガン。彼女が今、本当に僕を認めてくれたような気がしたのだった。

●

「フィル様、よろしいですか？」

「ああ、いいよ」

夜になると、ジョゼが僕の部屋を訪れた。

「今日はありがとうございました」

「いや、ジョゼが無事でよかったよ」

手荒なことはされていなかったが、それでも怖かっただろう。

「あたしは魔法が使えるのに、何もできなくて……」

「ああいうときは無理しないほうがいいことも多いから、今回は正解だったと思うよ」

「そうですね……。でも、あっさりと野盗たちをやっつけるフィル様を見て、あたしもちゃんと魔法が使えるようになりたいって思ったんです」

彼女はそう言って僕を見つめた。

「そうだね……。僕もまともに魔法が使えるようになったのはこっちに来てからだし、鍛え方次第かもしれないな」

僕の場合は、こちらへ来て新しい泥に触れたことで、魔法の幅が広がった。

火属性の場合、泥ほどストレートには行かないだろうけれど……。

例えば何を燃やすかで炎の色が変わることもあるし、高温の青い炎というのもある。

僕は元現代人だからそのあたりの知識があるけれど、こちらで村人として普通に暮らしていたら触れる機会のない知識だろう。

そういう知識を教えることで、彼女の魔法を強化することもできるかもしれない。

「知識面で補えれば、もしかしたら……」

そう話してみると、彼女は目をキラキラさせながら言った。

「フィル様すごいです！　物知りなんですね！　あたしにいろいろ教えてください」

「まあ、僕にできることなら」

そんなわけで、彼女に火について教えることになった。

詳しいところは、僕も知識を思い出してまとめておく必要があるし、後日ということに。

「今日のフィル様、とてもかっこよかったです」

「そうかな……」

そんなふうに言われると、なんだか照れてしまう。

「フィル様が来てから、村もどんどんよくなってますし……本当にすごいです」

ジョゼはまっすぐな目でそう言ってくる。

気恥ずかしい感じがするけれど、そう言ってもらえるのは嬉しい。

こっちにくるまで役立たずだった僕にとって、そういった評価はまだまだ新鮮だ。

感慨に浸っていると、彼女は夜のご奉仕を始めるのだった。

「今日も、フィル様に気持ちよくなってもらえるように頑張りますっ」

そう言ってぐっと拳を握りしめるジョゼはかわいらしい。

まだあどけなさの残る彼女が、自ら服をはだけさせていく。

少し幼さを残す容姿に反した大きなおっぱいが、たゆんっと揺れながら現われた。

僕の目は自然と吸い寄せられてしまう。

「フィル様はあたしのおっぱい、お好きですか？」

「ああ。男ならみんな憧れるおっぱいだろうね」

「よかったです♪」

僕が答えると、彼女は嬉しそうに言った。

「それじゃあ、今日はこのおっぱいを使ってご奉仕させていただきますね♪」

そう言った彼女が、たわわな胸をアピールするかのように持ち上げた。

深い谷間と、むにゅっと形をかえるおっぱい。

魅惑の双丘が迫ってきて、僕は目を奪われる。

「それじゃ、失礼しますね」

彼女はそう言うと僕のズボンに手をかけ、そのまま脱がせていった。

そしてペニスを取り出すと、その大きなおっぱいで挟み込む。

「んっ……ふぅっ……」

むにゅりっと乳肉に肉竿が埋まってしまう。

抜群の柔らかさに包みこまれ、心地よさが満ちていった。

「あふっ、フィル様のおちんちん、胸の中で膨らんできてます」

むにゅむにゅと柔らかなおっぱいに包まれると気持ちがいいし、ジョゼのおっぱいが強調されている光景もエロい。

当然、僕の肉棒は反応し、血が集まってくる。

「んぅっ、すごいです……おちんちんどんどん大きくなって……♥ あんっ……胸の間から、はみ出してきちゃいます」

たわわな胸の谷間から、にょきりと先端が出てくる。

「あぁ……♥ はみ出してるおちんちん、すっごくいらやらしいです……あたしのおっぱいで、むにゅー♪」

「う、あぁ……」

柔らかおっぱいに挟まれているのはとても気持ちがいい。ふわふわとした快感に浸ってしまう。

「ん、しょっ、むにむに、ん、ふぅっ……」

彼女は両手で乳房をくにゅっと押して刺激してくる。

ここまでむっちりと包みこまれるのは、いつになく新鮮だった。

「ん、ふぅっ……あ、んっ……」

ジョゼはそのままむにゅむにゅと、おっぱいで肉棒への愛撫を続ける。

淡い気持ちよさに浸りながら、柔らかそうに形を変えるおっぱいを眺めていく。

「ん、ふぅっ、しょっ……」

乳房をゆるやかに動かし、肉棒を気持ちよくしてくれている。

「どうですか、フィル様」

「ああ、すごくいいな」

これほど魅力的なおっぱいに挟まれて奉仕されているのは、男冥利につきた。

射精するような快楽ではないが、癒やされる気持ちよさだ。

「よかったです。ん、しょっ……」

そんなおっぱいをしばらく楽しんでいく。

「ん、ふぅっ……熱いのが、あたしのおっぱいを押し返してます。むぎゅー」

ジョゼが両側から胸を寄せて、肉竿を圧迫してくる。

ずっと浸っていたいような気持ちよさだ。

けれど同時に、むずむずとした欲求も湧き上がってくる。

「ん、しょっ……ふぅ、んっ……」

目の前で美少女が胸をこねて、パイズリをしているのだ。

そんなエロい光景を見ていれば、当然むらむらしてしまう。

無意識に腰が動くと、ジョゼがめざとく反応を返してきた。

「フィル様、そろそろぴゅっぴゅっしたいですか？　ん、ふぅっ……ガチガチのおちんちん、射精したくてぴくんってしてしました」

「ああ……」

僕が素直にうなずくと、彼女は妖艶な笑みをうかべた。

「わかりました♪　それじゃ、もっと激しくしますね。その前に、れろぉっ♥」

彼女は、谷間から飛び出している亀頭をぺろりと舐めてきた。

「れろっ……ちろっ……」

そのまま舌を這わせてくる。

「こうして、れろぉ……♥　えっちにはみ出たおちんちんを舐めて、ぺろぺろっ……ちゅっ、れろぉっ♥」

「うぅ……」

ジョゼが肉竿を舐めるために身をかがめた拍子に、さらにおっぱいがむぎゅむぎゅと乳圧を高めてくる。

「れろっ……ちゅっ……動くためには、濡らしておいたほうがいいって聞きました。だからおちんぽをあーむっ、ちゅぶっ♥」

「ジョゼ、あぁ……」

先端をぱくりと咥えこんだジョゼが、上目遣いにこちらを見る。

「しゅるっ……ちゅぱっ」

そしてちゅぱちゅぱと肉棒をしゃぶり、下品な音を立ててきた。

「じゅるるっ……れろっ、ちゅぼっ……。こうやってあたしの唾液で濡らして……れろっ、ちゅぷぷっ……ちゅぅっ♥」

彼女の言うとおりに、肉竿はてらてらと唾液で光っていく。

そして滑りがよくなったところで、ジョゼは一度口を離す。

「それじゃ、いきますよ、んっしょっ！」

「おお……これはいいね」

唾液で濡れた肉棒を、そのおっぱいで激しくしごき始める。

「ん、しょっ、ふぅっ、んっ……」

上下に揺れるおっぱいはとてもエロい。

ジョゼはゆさゆさとその巨乳を揺らして、肉竿を刺激してくる。

「ぬるぬるのおちんちん、あたしのおっぱいで、ん、しょっ……えいっ……！」

ジョゼは一生懸命にそのおっぱいを揺らし、肉棒を刺激してくる。

「ん、はぁっ……熱いおちんちんが、おっぱいの間をぬるぬるって動いて、すごくエッチです♥　ん、しょっ、ふぅ、んっ……」

「ああ……そうやってご奉仕してるジョゼの姿も、すごくえっちだよ」

あどけなさを残す少女のパイズリ。

それは背徳的な喜びで、僕を昂ぶらせるのだった。

「ん、しょっ、えいっ♥」

たぷんっとおっぱいが弾み、肉竿が擦られていく。

おまんこと違い襞がないぶん、ストレートな柔らかさにむにゅむにゅと竿が刺激されていく。

「あふっ、ん、あぁ……♥　すごいです、これ、ん、しょっ……」

むぎゅっとさらに胸を寄せて、乳圧を高めた状態でしごいてくる。

「ん、しょっ、えい、ふぅ、んっ……」

「ジョゼ、あぁ……すごいよ」

彼女が身体をゆらすたびに、跳ねるおっぱいに視線が吸い寄せられてしまう。

「ん、しょっ。おっぱいを揺らしながら……ん、この、ぴょこんっと出てくるおちんぽの先を……あむっ♪」

「あぁっ……！」

今度はパイズリをしながら亀頭を咥えこんできた。

「れろっ……ちゅぷっ……んっ……」

そのままおっぱいを揺らしつつ、肉竿を舐め、吸ってくる。

巧みなパイズリフェラで、僕はどんどん追い詰められていった。

「れろっ、ちゅ、ん、んむっ……」

ジョゼはパイズリフェラをしながら、こちらを上目遣いに見てくる。

その表情は妖艶で、ボリュームたっぷりのおっぱいも視界に入るため、ものすごくエロい絶景だった。

「んむっ、ちゅっ……おちんちんのさきっぽ、膨らんできましたね……♥　れろっ、ちろっ……我慢汁も、どんどん溢れて……」

精液を押し出そうとするかのように、肉棒の根元をむにゅっと圧迫していく。

「れろろっ……ちゅぶっ……いいですよ♥　あたしのおっぱいとお口で、れろっ、ちゅぶっ……気持ちよくなって……れろっ、出してください♥」

そう言いながら、ゆっさゆっさとおっぱいを揺らして肉棒をしごき、バキュームまでしてくるジョゼ。

「ああ、もうっ……」

その気持ちよさに、僕はもう限界だった。

「あむっ……じゅるっ、れろっ、じゅぽっ……♥　フィル様のおちんぽ、張りつめてます♥　れろろっ……じゅるっ……」

ジョゼのパイズリフェラで、精液がせり上がってくる。

「じゅぶぶっ、じゅるっ……あむっ、ちゅっ……ん、ふぅっ♥　れろろっ……じゅぶっ、じゅぽぽっ、じゅぶぶぶっ！」

「あぁ、出るっ！」

「じゅるじゅるっ！　じゅぶっ、ちゅっ、じゅぶぶっ……じゅるっ！　じゅぞぞっ！　じゅぶ、じゅぼぼぼぼっ♥」

「う、ああっ！」

びゅっ！　どびゅ！　びゅるるっ！

最後に襲ってきたおっぱいによる圧迫とバキュームの合わせ技で、僕は射精した。

「んむっ、ちゅうっ、んくっ♥」

口内に直接飛び出した精液で、ジョゼの頬が膨らむ。

パイズリフェラで高められた肉棒は、脈打ちながら何度も精液を放っていった。

それが彼女の頬を膨らませていると思うと、すごく淫靡だ。

「んくっ、ん、ごくっ！　じゅるっ……」

彼女は出された精液を飲み込んでいく。

その間はチンポを咥えたままなので、嚥下で動く口の刺激も伝わってくる。

「ジョゼ、あぁ……そんなこと……ううっ！」

彼女はいたずらをするかのように舌を動かして、射精直後の敏感なチンポを舐め始めた。

「今そんなにされると……」

「れろっ……ちゅぶっ、んくっ、ちろろっ！」

「うぁ……」

「んくっ、ごく、ごっくん♪　フィル様の精液、いただいちゃいました。れろっ、ちゅっ♥　ちゃんとおちんぽもお掃除して、れろぉっ！」

「ジョゼ、うあ、あぁぁ……」

彼女がいやらしい顔でお掃除フェラを行い、肉棒を舐め回し、さらに吸っていく。

そんなことをされれば、射精直後といえど萎える暇もなく、肉棒は高度を保ったままだった。

「あふっ……フィル様、ん、ちゅっ♥」

彼女はそんなチンポにキスをして、潤んだ瞳を向けてくる。

「ジョゼ、四つん這いになって」

いつも以上にえっちな彼女を前にして、欲望が滾った僕は言った。

「はいっ♥」

彼女は嬉しそうにうなずくと、すぐに四つん這いになる。

それだけではなく、自ら服を脱いでいき、その秘められた場所をアピールするように見せつけてくるのだった。

彼女のおまんこはもうすっかりと濡れていて、淫らな割れ目から愛液が溢れている。

「フィル様のおちんちん、あたしのここに挿れてください……♥」

そう言って恥ずかしそうにしながら、お尻を振って誘ってくる。

「ああ」

そんなふうにおねだりされたら、我慢なんてできるはずもない。

僕は彼女のお尻をつかむと、剛直を膣口へとあてがう。

「あぅっ……フィル様の硬いの、当たってるのがわかります……♥」

「僕にも、ジョゼの濡れたおまんこがわかるよ」

「ん、うぅっ……♥」

そう言うと、彼女は少し恥じらうように身を揺らした。

そんな仕草は、余計に僕をたきつけてくる。

僕はそのまま腰を進め、よく潤んだ膣内に挿入していった。

「んぁ、あっ、あぁ……」

ぬぷり、と肉棒が膣襞をかき分けて、抵抗なく入っていく。

「んはぁっ　あ、あぁ……フィル様、んぅっ……♥」

とたんに熱い膣襞が肉棒に絡みついてくる。

「あぁ♥　ん、はぁ、うぅっ……」

僕のモノを受け入れたジョゼは、艶めかしい声を漏らしながら、まだまだ初々しいおまんこをきゆきゅっと反応させていた。

「ジョゼの中、いつもすごい締めつけだね」

「フィル様のおちんぽが大きくて、んぁ、あたしの中、ぐいぐい押し拡げるからですっ……♥　んぁ、ああっ、あぁ……」

ジョゼはそう言いながら、おまんこをさらに締めてくる。

「すごく吸いついてきてる。待ちきれなかったみたいだな」

「あぅっ……♥　フィル様のおちんぽにご奉仕してるときから、んぁ、お腹のうずきが止まらなくて……」

「ジョゼはすっかりえっちな女の子になったんだな」

「そんなこと、んはぁっ！」

僕が動き始めると、ジョゼがあられもない声をあげる。

たっぷりの愛液のおかげでスムーズに動くことができた。

「あっ、ん、ふぅっ……んぁっ……」

最初はゆっくりと、でも力強い抽送を行っていく。ぐい、ぐいっと、狭い膣内に肉棒を押し込んだ。

「あふっ、ん、あぁっ……」

丸みを帯びたお尻が、僕の手でしっかり押さえられている様子もそそる。

かわいい女の子が大事なところを、僕に突き出すようにしている姿勢もエロいものだ。

「んはぁ、あっ、あぁ……♥　フィル様、んぅっ……」

ピストンを行うと、彼女のまんこに肉棒が出入りしているのが見える。

くちゅくちゅと卑猥な音を立てながら、お互いの粘膜を擦り合わせていった。

「あふっ、んぁ、あっ、ああっ……♥」

お尻を突かれたジョゼが、小さく身体を揺らしていく。

彼女の長い髪が揺れ、綺麗な背中が小刻みに震えていった。

「あぁっ、ん、あふっ……んぁ、ああっ……！」

美少女が感じている姿を後ろから楽しみつつ、腰を振っていく。

「んはぁっ♥　あっ、あぁ……フィル様のが、んぁ、あたしの中を、ズブズブって突いてきてて、んはっ、あっ、ああっ……♥」

ますます嬌声をあげていくジョゼの中を、何度も何度も往復していく。

蠕動する膣襞を擦り上げるとと、快楽がどんどん膨らんでいった。

「あっ、んぁ、あああっ……フィル様、んぅっ、ふぅっ、あぁっ……！」

僕はさらにペースを上げて、彼女のおまんこを犯していく。

「んはぁっ♥　あっ、あぁっ！　フィル様、んぁ、あたし、んぁ、ああっ、ああっ……！　そんなに……奥ばっかり突かれたらぁっ、んぅっ！」

ジョゼの声が一段高くなり、おまんこも締めつけが強くなった。そろそろだな。

「んはぁっ♥　あっ、だめぇっ……！　んぅ、もう、あぁっ……！」

「好きにイっていいよ」

そう言いながら、僕は蜜壺をかき回していく。

「んはぁっ！　ああっ　あっあっ♥　らめ、あたしっ、もう、んぁ、イクッ、イっちゃいますっ♥　あ、あぁ……」

かわいらしく乱れていくジョゼを、後ろからガンガン突いていく。

膣襞を擦り上げ、しっかりと肉棒を刻みつけ、ぱんぱんと音を立てて白いお尻を波打たせた。

「ああっ！　あっ、んー、あそこ、んぁ、おちんぽ、気持ちいいです……♥　フィル様のカチカチのが、あたしの中をじゅぶじゅぶってぇ♥」

「う、ジョゼだって、すごく締めつけてくるじゃないか」

「んはぁあっ！　気持ちよくて、勝手におまんこビクビク反応しちゃうんですっ♥　んぁ、あっ、ああっ！」

限界が近い様子の彼女へ、ラストスパートをかけていった。

「んはぁあっ！　あっ、あぁ……らめ、もうらめっ！　イクッ、イっちゃう！　フィル様ぁ♥　なぁ、ああ、ああっ！」

蜜壺をぐちゅぐちゅと貫いていると、僕も気持ちよさがせり上がってくる。

「あああっ！　はうっ……♥　んぁ、ああっ！　もうらめっ、んぁ、イクッ、イクイクッ！　イックウウゥウゥゥッ！」

ジョゼは全身をビクンと跳ねさせながら絶頂した。

「んぁ♥　あぁっ！　ああああぁ♥」

その瞬間に、膣内がぎゅぎゅっと収縮した。膣襞が精液を搾り取ろうと蠢いている。

これまで以上のキツさとその激しさに、僕ももう限界だ。

欲望に任せて、とにかくめいっぱいに腰を打ちつけていく。

「んはあぁぁぁぁっ♥　あっ、あっ、イってますっ♥　イってるのにそんなにされたぁっ♥　あっ、またイッちゃうっ、んあっ！」

「う、すごいな……このまま、僕もいくぞ」

そう言って絶頂おまんこを犯し尽くしていく。

「んぁっ♥　あっあっ♥　やぁっ、あぁ……すごいのぉっ♥　イってるおまんこ、おちんぽでじゅぶじゅぶされて、んぁ、ああっ！」

「ぐっ、出る……」

僕ももう限界だ。

駆け上ってくる精液を感じながら、その蜜壺の奥、行き止まりを激しく突いていった。

「あふっ、イクウゥゥッ♥　んぁ、今出されたら、あたしっ、んぁ、あっ♥　あぁっ！　ん、ああ、はぁんっ♥」

僕は最後に思い切り腰を突き出すと、そのままジョゼの最奥で射精した。

「くうぅぅぅっ♥　んぁ、ああぁぁっ！　しゅごいっ、熱いの、おまんこにびゅくびゅく出てますぅっ♥」

連続イキの最中に中出しされて、ジョゼがまたイッたようだった。

「んぁっ♥　らめ、気持ちよすぎて、あたし、んぁ……♥」

そのまま蕩けて放心しているジョゼだったが、おまんこのほうは本能的に反応して、肉棒を絞り上げてきた。

「あふっ、んぁ、あぁ……♥」

うねる膣襞は精液を余すまいと吸いつき、僕から搾り取っていく。

「あぁ……すごいな、これは……」

「フィル様……んぁ……♥」

彼女の中にしっかりと注ぎ込んでから、僕は肉棒を引き抜く。

「んはぁっ♥」

カリ首と襞がこすれながら、キュポンと抜ける。ジョゼがその刺激で、あられもない声を漏らした。

「あぅ、ん……♥」

ジョゼのおまんこは、先ほどまで肉棒を咥えこんでいたため、まだそのエロい口をぱっくりと開けたままだ。

混じり合った体液の残る内側が見えるのは、とてもエロい光景だった。

かわいらしい女の子の、メスとしての姿。四つん這いでチンポをねだり、中出しされて気持ちよさに喜んでいる姿は、あまりにも卑猥で美しい。

「フィル様、んぅっ……♥」

すっかりと体力を使い果たした彼女は、そのままベッドへと倒れ込む。

僕もそんな彼女の隣に寝そべり、軽く抱き寄せた。

ジョゼは素直にそれを受け入れ、僕に抱きついてくる。

そしてそのまま、小さな寝息を立て始めるのだった。

第三章　畑の成功と新事業

いくつもの村で畑の土を入れ替えてから、しばらくの時間が流れた。

幸い上手くいっているようで、順調に作物が育っているということだった。

畑が使えるようになったことで食料についての不安も減り、人々にも余裕が出てきているようだ。

「これで一安心かな」

上手くいき始めていることに安心して、僕は再びのんびりと過ごしていた。

元々、長く領主のいなかった土地だ。

僕が何かをしなくても、基本的な部分は回るようにできている。

それでも畑については、たまたま上手く能力がかみ合って改善することができた。

村の人々にも感謝されて、よかったと思う。

食料について解決できそうなので、貧困も最悪の問題ではなくなりつつあるという報告もあった。

領地内で自給できれば、飢えることはなくなるのだ。

もちろん、お金はあったほうがいいし、食べ物以外に必要なものもあるけれども……やはり優先度が違う。

そんなわけで、やっとこれからは自堕落な生活を送ろうとしていたのだが……。

これまで役立たず扱いだった僕の魔法が認められ、領主としても成功しそうなことから、リーナがなんだかテンションをあげたようだった。

せっかくならここを発展させて、僕の優秀さを見せつけてやろうという感じで頑張り始めてしまったのだった。元から真面目なメイガンはもちろんそれに賛成だし、この村で暮らしていたジョゼにとっても村の発展は嬉しい。

そんなわけで、僕はさらにこの村をよくするように、領主としての仕事ぶりを求められることになったのだった。

とはいえ、最初からなんでもできるわけではない。まだ農業以外のことは、まったく考えてもいなかったからだ。

まずはこの領地がどんなところで、どういった歴史があるのかを学ぶところから始めた。

そんなわけで、今は準備期間となる。

僕はまず、この土地の特長についてもっと詳しく勉強していくのだった。

泥魔法使いの僕にとって、土壌の話を聞くのは重要なことでもあるしね。

と、そんなふうに昼間は真面目に取り組んでいるのだけれど、もちろん息抜きだって必要だ。

夜になれば、いつもどおりに彼女たちと過ごすことになる。

今日はメイガンとジョゼが、僕の部屋を訪れてくれていた。

「フィル様、夜のご奉仕に参りました」

「今日はふたりなんだ」

いつもは一対一のことが多いけれど、こうして複数人ですることもだいぶ増えてきていた。

僕としては、もちろん喜ばしい。

美女たちに囲まれてのえっちは、男として嬉しい限りだった。

「フィル殿、さ、こちらへ」

メイガンが僕をベッドへと誘導し、服に手をかけてくる。あれ以来、僕に対してもっと優しくしてくれるようになったメイガンだけど、今晩はとくに艶めかしい気がする。

「なんだか、待ちきれないって感じだね」

「うっ……」

僕が言うと、メイガンは恥ずかしそうに顔を赤らめた。

「それは……そうです……」

羞恥に頬を染めながら、彼女は素直に認める。

普段はキリッとしたメイガンの、かわいらしい姿。

その仕草がギャップとなって、僕を盛り上がらせるのだった。

「んっ……フィル殿も、期待しているじゃないですか」

彼女はズボンの上から、僕の股間を撫でてきた。

その手が膨らみつつある肉竿をいじり、期待を高めてくる。

「もちろん。メイガンみたいな美女に、こんなふうに大胆に迫られたら当然だよ」

そう答えると、彼女は笑みを浮かべた。

「私にそんなことを言うのは、フィル殿くらいです」

騎士として鍛錬に励み、その後は王女の護衛ばかりで異性とふれあう機会のなかったメイガンは、その美しさのわりには、あまり褒められ慣れていないみたいだ。

身体強化のみとはいえ魔法を扱えたメイガンは騎士として特に優秀だから、戦闘力ばかりが目につきやすいというのもあるだろう。

その腕っぷしで出世していったメイガンに声をかけるというのは、同じ王宮騎士でもなかなかハードルが高そうだ。

そんなわけで、これだけの美女なのに恋愛ごとに耐性がない。

だから彼女はいつも、こうしてかわいい反応を見せてくれる。

まあ、いざ行為となると成長してきたけどね。耳年増で知識だけはあったし、それが経験と結びついたことで一気に進んでいる。身体を使うのは得意だから、いつのまにかドスケベになっていて、それもまた嬉しいところだ。

そんな彼女の手は股間を撫でながら、僕のズボンを下ろそうとしてくる。

「それでは、あたしはこちらを……」

そう言ったジョゼは上半身へと手を伸ばし、脱がせてくる。

ふたりに任せるまま、僕は服を脱がされていった。

「それでは、さっそく……」

「あたしたちがご奉仕いたしますね」

そう言って、彼女たちは服をはだけさせると、僕に身体をくっつけてくる。

女の子に左右から挟まれ、温かさと柔らかさを感じた。

「フィル殿……」

「たくさん気持ちよくなってくださいね」

女の子ふたりぶんの甘い匂いが僕を興奮させていく。

そしてふたりはそのままペニスへと手を伸ばし、優しく愛撫し始める。

「フィル殿のおちんぽ……どんどん膨らんでくるな」

「あたしたちの手の中で、大きくなってます……」

「それはそうだよ。こんなに最高なんだから」

微笑むふたりの手が、ゆっくりと肉竿をしごいてくる。

身体を重ねるごとに成長していくふたりは、僕の感じるところを学んでいるようで、その手コキですぐに高められてしまう。

「あぁ……もうこんなに硬くなって♥」

「うっ……」

メイガンがきゅっと肉棒をにぎると、気持ちよさに声が漏れてしまう。

「カリもこんなに膨らんで……♥」

「うぁ……」

ジョゼも負けじと敏感なところをいじってくる。

ふたり揃っての奉仕に、僕はされるがままだった。

「しこしこ……」

「すりすり……」

ふたりが自由に肉棒を責めてくる。

「こうして、擦り上げて……」

「硬いおちんぽをきゅっきゅっと……」

ふたりの手が根元から先端までを、それぞれに刺激してくる。

タイミングがずれているのが不規則な刺激となって、僕を追い詰めていった。

「おちんちんしこしこ……」

「先っぽから我慢汁が出てきてるね」

そう言いながら、彼女たちは手コキを続けていく。

僕はふたりにしごかれながら、彼女たちのアソコへと手を忍び込ませていった。

「あぅっ♥」

「んぁ、フィル様……」

下着越しの割れ目を、それぞれ片手でなぞり、愛撫していく。

「あっ、やっ、ん……」

「あふっ、ん、うぅっ……」

「ふたりとも、もう濡れてるんだな」

「それは……あぅっ……」

「たくましいおちんちん触ってたら、ぬれちゃいます……♥」

恥ずかしそうにするメイガンと、うっとりとこちらを見てくるジョゼ。

そんなふたりのおまんこを、そのまま刺激していく。

「ん、ふぅっ、あ……」

「やんっ♥　負けずにおちんちん、しこしこしちゃいますっ♪」

「う、あぁ……」

割れ目をいじられて手コキが弱まっているメイガンに対して、ジョゼはさらに素早くしごいてくるのだった。

「あ、んっ、ほら、フィル様も我慢汁がどんどん溢れてきてますっ……♥」

「ああ……そんなにしごかれると……」

「あたしたちの手でいっぱい気持ちよくなってくださいね……あんっ♥」

くちゅり、と音がしてジョゼが嬌声を上あげる。

僕はふたりの下着をずらし、直接そのおまんこを刺激することにした。

「あふっ、あっ、フィル殿、そこ、んぁっ♥」

「やんっ、あぁ……♥　フィル様の指、気持ちいいですっ……♥」

ぬるりと溢れ出す愛液で指の滑りもよくなり、僕は彼女たちのおまんこをほぐしていく。

指を忍び込ませ、蜜壺をくちゅくちゅと刺激していった。

「あんっ、ん、あぅっ……」

「あふっ、ん、あぁ……」

両側から、彼女たちのエロい声が聞こえてくる。

そんな両手に花の状態で、愛撫を続けていった。

「ん、私も、えいっ……」

「あぁ、フィル様、ん、うぅっ……♥」

ふたりのおまんこをいじりながら、手コキをされていくのは不思議な快感だ。

女の子のしなやかな手にしごかれると、どんどんと欲望が膨らんでいった。

このまま出してしまうのも気持ちいいが、今日はふたりを相手にするのだ。無駄撃ちはできない。

「せっかくなら、ふたりの中で出すことにしようか」

僕がそう声をかけると、ふたりが潤んだ瞳でこちらを見た。

「あたしも、中に出してほしいです♥」

「わ、私も……お願いします、フィル殿」

「それじゃ、ふたりとも四つん這いになって、こっちにお尻を向けてくれ」

僕が言うと彼女たちは素直に従って、綺麗なお尻を並べて四つん這いになるのだった。

「フィル殿、んっ……」

「あふっ、やっぱりこの格好、ちょっと恥ずかしいですね……」

ふたりの美女が、僕の言うとおりに四つん這いになり、お尻を無防備にこちらへ向けている。

先ほどまでの愛撫でじっとり濡れたおまんこが、こちらを誘うようにしていた。

僕はそんなふたりに近寄って、さっそくメイガンのお尻をつかんだ。

「んっ……」

もうすっかりと濡れ、メスのフェロモンを漂わせているピンクのおまんこ。

ヒクヒクと震えながら肉棒を待っているそこに、亀頭をあてがっていく。

「んぁ……フィル殿、んっ……」

押し当てると、くちゅりとはしたない音がして、肉竿が愛液で濡らされていく。

僕はそのまま止まることなく腰を押し進めていった。

「んぁ、ああっ♥」

ぬぷり、と肉棒が蜜壺へ迎え入れられる。

「あふっ、おちんぽ、入ってきたぁ♥」

メイガンがエロい声で報告してくる。

膣襞がきゅっと肉棒に絡み、締めつけてきた。

「う、あぁ……動くぞ」

僕はそのまま、腰を動かし始める。

「んぁ、あ、ああっ……」

抽送を行うたびに、膣襞がこすれて気持ちがいい。

「フィル様……あたしも」

「ああ、もちろん」

そう言って、僕は一度メイガンの中からチンポを抜くと、今度はジョゼのおまんこへと挿入していく。

こちらもすでに十分に潤っており、スムーズに肉棒を受け入れていった。

「あふっ、ん、あぁ……♥　すごいです、んぅっ……」

腰を振って、締めつけ具合の違うふたりのおまんこを味わっていく。

ずぽずぽとかき回すように腰を振ると、彼女は敏感に反応していった。

「んぁ、あっ、ああっ……♥　ん、くぅっ！」

ジョゼの柔らかなお尻に指を食い込ませながら、腰を振っていく。

「フィル殿……」

「ああ」

今度はメイガンが物欲しそうな声をあげ、僕は再びメイガンのおまんこへと挿入していった。

「んぁっ♥　あ、あぁっ……」

ふたりの美女から奪い合うように求められるのは、すごい満足感がある。

それに、代わる代わるおまんこを味わえるというのはとても豪華だ。

僕は彼女たちの秘穴を楽しみ、順番に思う存分突いていった。

「あうっ、んんっ……はぁっ！　フィル様、すごいですっ！」

強く腰を打ちつけると、ジョゼの口から甘い嬌声があがる。

「ジョゼもすっかりセックスを覚えたみたいだね。こんなに締めつけて」

「は、はいっ……フィル様にも喜んでもらえるのが嬉しくてっ……んはぁっ♥」

「そう言われると嬉しいな。それに、メイガンも……」

「んくぅっ♥」

肉棒を引き抜いて、メイガンへと挿入する。

「あぐぅっ……あぁっ！　フィル殿、こんなにされてはおかしくなってしまいますっ！」

いつも真面目な女騎士が喘ぎながら身を悶えさせる姿は、ものすごくエロい。

「今夜はふたりから誘ってきたんじゃないか。まだまだ出来るよね？」

「はいっ、もっと……ひゃっ、あああぁぁぁっ！」

ジョゼとメイガン、ふたりを交互に犯しながら乱れる様子を楽しんでいく。

「んはぁっ♥　あ、だめっ、ん、くぅっ」

「はうんっ♥　あぁ、すごい、んぁ、あぁっ！」

ふたりの嬌声を聞きながら、僕はこのセックスを楽しんだ。

「あんあんっ♥　あっ、んぁ」

「フィル様、そこ、んぁ、ああっ！」

僕ももう快楽に身を任せて、無心で腰を振っていく。

「私の奥まで、ん、あぁ♥」

「フィル様のおちんちんに、とかされちゃうぅぅっ♥」

愛液が飛び散り、部屋の中は淫靡な性臭にみたされていった。

「んぁ、あっ、もう、イクッ、あ、ああっ……」

最初にメイガンが、絶頂へ向けて膣襞を震わせ始める。

「んくぅっ♥　あ……出ちゃ……あああっ♥」

ずぽっと引き抜くときの刺激で、ひときわ高い声をあげる。

僕はそのままジョゼに挿入して勢いよく腰を振っていった。

「んくぅぅっ♥　あ、あぁっ！　そんなにおまんこズブズブされたらぁっ♥　んぁ、ああっ、あたしもイっちゃいますっ！」

荒々しい腰振りに身悶えるジョゼ。

「く、僕もそろそろ限界かな……」

そう言いながら一度肉棒を引き抜き、またメイガンへと挿入していく。

「あふんっ♥　フィル殿、そのまま私の中に……」

「うぁ、メイガン、そんなに締めると……」

待ち構えていたかのように、彼女はぎゅっとおまんこを締めて肉棒を咥えこんでいく。

騎士としてお尻も引き締まっている彼女が力を入れるとその膣圧はすごく、精液を搾り取ってくるかのようだ。

その刺激に負けじと腰を振り、蜜壺を犯していく。

「んはぁッ♥　あっあっ♥　フィル殿、ん、くぅっ……！」

「あぁ……このままいくぞ」

僕は腰を打ちつけて、メイガンの奥まで貫いていく。

「はいっ♥　あっ、んぁっ、ああっ！　そのまま、んぁ、来てくださいっ！　私の中、んぁ、あっ、あああっ！」

僕はメイガンのお尻をつかみ、ラストスパートをかけていく。

「あぁっ♥　んぁ、あああっ！　もう、んあああっ、ああっ！　イクッ、あふっ、ん、あぁ♥　あっ！」

ぞりぞりと膣襞に擦り上げられながら、ぐっと腰を突き入れた。

「あっあっ♥　すごいの、きちゃうっ♥　んぁ、あっ、ああっ！　イクッ、イクイクッ、イックウウゥウゥウッ！」

メイガンの絶頂おまんこが収縮し、ぐいぐいと肉棒を絞り上げてくる。

「ぐうっ、出るっ！」

びゅくくっ、びゅるっ、びゅるるるるっ！

そのあまりの気持ちよさに浸りながらも、彼女の中で盛大に射精した。

「んはぁぁあっ♥　あっ、勢いよく、せーえき、ベチベチあたってるぅっ♥」

お腹の奥に出されたメイガンは、膣内で跳ねる精液でさらに感じているらしい。

きゅっきゅと膣襞がうねり、射精中の肉棒がまだまだ刺激されていく。

「あ、あぁ……♥」

しっかりとペニスから精液を搾り取り、メイガンが気持ちよさそうな声を漏らしていく。

僕も最後の一滴まで注ぎ込むと、そっとペニスを引き抜いていった。

「あふっ……♥」

絶頂するおまんこで精液を受け止めたメイガンは、満足そうにベッドへと倒れ込む。

「ね、フィル様……♥」

そんな僕の元へ、そっとジョゼがお尻を寄せてくる。

「次はあたしにも……♥」

「ああ、もちろん」

僕はそう答えるとジョゼを抱き寄せて、もうとろとろになっているおまんこへと肉棒を挿入していく。

美女に誘われれば、射精直後といえども肉棒は何度だって滾るものだ。

「あふっ、すごいですっ♥　出したばかりなのに、もう硬く……♥」

嬉しそうに言うジョゼの蜜壺を、滾る肉棒で突きほぐす。

「んぁ♥　あ、ああっ……」

「まだまだ、夜は長いからな」

「はいっ……♥　疲れ切って寝ちゃうまで、あたしたちで気持ちよくなってください♥」

僕たちはそのまま、交わっていくのだった。

生活が安定してきた村では働き方も変わり、人員としてもだいぶ余裕が出てきていた。

普通に食料確保ができるようになったため、次は生活の質の向上や、金銭の確保に人手をさけるということだ。

とはいえ、今のところこのあたりの村に目立った特産品などはない。

このまま農地を拡大していくというのもありだが、他にも産業があるとそれはそれで便利なものだ。

「どうしようかな……？」

「まずは、この土地のことをもっと知るところからじゃない？」

リーナの言葉に、僕はうなずく。

「最近、勉強は頑張ってるみたいだしね。あとは、実際に見て回るとか？」

「そうだね。そうしようか」

彼女にうなずいて、僕は村を歩いてみることにした。お供は村に詳しいジョゼだ。

こうして改めて見ても、村中にのどかな風景が広がっている。そう言う意味では良い村だ。

建物が少ないから広々とした感じは来たときと変わらないが、人々に余裕が見え始めたため、空気も穏やかなものになっていた。

それでも基本的には、湿気(しけ)った平原が続く土地だ。

空気がじめっとしているのは、乾燥地帯からきた僕にはまだ慣れないものだけれど、泥魔法使いとしては好相性だ。

しかし、どうしたものかな……。

僕は村の周辺を歩きながら考える。

畑こそ土を入れ替えてから良くなったものの、基本的にこのあたりは湿度が高く水はけの悪い土地だ。

まあ、水資源はそのぶん豊富なのだが……。

そう思いながら、川を眺める。このあたりの川は太く、緩やかに流れている。

「そういえば、川にはなにか手をつけてないの？」

この村で育ったジョゼに尋ねると、彼女は首を横に振った。

「あまり魚も多くないので、村人はほとんど触れないですね。それに、雨が続くと溢れることもあるので……」

「なるほど。だから川のそばには何も作られてないのか」

普通なら、水場の近くというのは村を作るのにいいところだ。

特に、シュイナール領のような乾燥地帯では、水場周辺は人気が高い。

けれどこちらでは逆に、水の近くは不人気なのか……。

そんなことを思いながら、川を眺める。

水資源が豊富なんだから、このあたりで何かできそうではあるが……。

そんなことを思いながらも通り過ぎ、さらに歩いていく。なだらかに標高が上がった後で、周囲でもいちばん水はけが悪いという場所へたどり着いた。

「ここが？」

「はい。このあたりは特に水はけが悪くて……すぐにこうしてドロドロに……」

「そうなのか。どのみち使えていない土地なら、ちょっと見てみようか」

僕はそう言って、泥魔法を発動させる。

魔法で感知してみても、泥自体に大きな違いはないようだった。土地が低いわけでもないし……だとすれば原因は、泥の下にある地盤だろうか。

そう思いながら泥を少し魔法ですくい上げてみると、すぐ下には黒く硬い層があった。

「この層のせいで、水が下へ通らず表面がドロドロになっていたのか……」

ひとまず、その層の一部を泥魔法で削り出してみる。

真っ黒で頑丈な塊を取り出し、観察してみた。これはもしかして……。

「なんだか、普通の土じゃないな。砂鉄が濃縮して固まったもの……か？」

魔法での感知で、そんな結果が見て取れた。

「えっ、これって鉄……なんですか？」

隣でジョゼが驚きの声をあげた。

「ちゃんと確認してみないとわからないけど……こういう形で砂鉄が固まっていることもあるみたいだからね」

前世の知識だけれど、確か日本にもこうして砂鉄が固まり、それが不透水層となって水はけが悪いという土地があった気がする。

本当に鉄かどうかは、溶かしてみないとわからないけれど……。

「もしそうなら、これは十分な産業になるな」

鉄の需要は多い。

騎士の装備も鉄製だし、幅広く使えるものだ。

「畑の問題が解決した分の人出を、そっちに回せば……」

金銭の確保という点で、この世界での鉄はものすごく有益だった。

「さっそく、これを調べてみようか」

「はいっ、そうしましょう！」

テンションの高くなったジョゼとともに僕は村へと戻り、さっそく村長を交えて話をした。

まずはこれが鉄かどうか。そして本格的な採掘が可能かどうかの調査だ。

鉄が産出できるかもということで村長も興奮気味で、話はスムーズに進んでいくのだった。

●

そうして調査した結果、どうやらあの層一帯が砂鉄の固まったもので、間違いなかった。

量的にも、十分な採掘が可能ということだったので、さっそく空いた人手をそちらへと回し、鉄の採掘が始まった。

まずは適度に砕いて、砂鉄の塊を取り出していく。

上層の大まかな泥は僕の魔法でどけてあるため、本来よりはかなり楽になっているものの、不慣れなこともあってまだまだ採掘が上手くいっているとは言いがたい。

けれどこれはやっていって慣れるしかないだろう。村は外部との交流も乏しく、ノウハウをもった人もいないから、初動が緩やかなのは仕方ないことだ。

ただ、決して軽快とは言えない滑り出しではあるものの、畑の問題が片付いて余裕が出たところに始めた事業であることや、リスクがほぼないこともあって、全体的な空気自体が前向きなのはいいことだった。

どうにか鉄を採掘していき、それを活用したい。

不純物も混じっているだろうから、まずはそれを取り除くために炉を作ることになった。

精製用の炉や加工用の炉を村に作るということで、さらに人手が必要になり、やることがどんどん増えていく。

全員が素人で実力自体はまるで足りないのだが、村人たちのモチベーションが高いから希望はある。

「炉のほうは、ジョゼに任せるよ」

「あたしですか!?」

彼女は驚いたようにこちらを見る。

「ああ。ジョゼはこの村育ちだから、みんなとも知り合いで連携がとれるし、火の魔法で炉の温度管理もできるから適任だろう」

「あたしの魔法、ですか……」

「ああ」

彼女の火魔法は、戦闘に使えるほどの攻撃力や派手さはない。

けれど、炉の管理などとなれば力を発揮できるはずだ。

「あたしの魔法が役に立つなんて……頑張りますっ！」

ぎゅっと拳を握るジョゼは、とてもやる気に満ちているようだった。

やる気に満ちた、そんな珍しい彼女の姿はなんだか新鮮だ。

村中で炉の作成に取りかかり、にわかに賑やかになっていくのだった。

●

「フィル様……」

夜になると、ジョゼが僕の部屋を訪れてきた。

「炉のこと、ありがとうございます。すべてフィル様のおかげです」

彼女はあらためて僕にお礼を言うと、そのまま近づいてくる。

「あたしの魔法が役に立つのも、すごく嬉しいです」

「ああ、とてもよくわかるよ」

僕も前の場所では、魔法が役に立たずに残念に思っていた。

けれどこちらに来て、そんな魔法にも活用方法があるとわかって嬉しかったからだ。

ジョゼも同じなのだろう。これまでは魔法をまともに教わる相手もおらず、そのために伸びることがなくて、ちょっとした火起こしに便利くらいの扱いだったという。

せっかくの魔法なのに、生かせる機会はあまりない。

けれど、中央で魔法使いに囲まれていた僕と過ごすようになって、一生懸命に練習もして、どんどん成長している。

結果として幅が広がり、今では新しい事業にとって重要な製鉄炉を任されるまでになった。

その嬉しさは、僕もほんとうによくわかる。

「それに、魔法以外にもフィル様のおかげですごいことばかりですし……本当にありがとうございます」

お互いに運がよかったと言うことだけれども、村も発展して、暮らしはかなり楽になった。

食料の問題が解決したのは、心理的にかなり大きいだろう。

「魔法はもちろん、女の子としても、フィル様のおかげで自信をもらえましたし……その、気持ちいいこともたくさん教えてもらえて……♥」

少し恥じらいつつそう言うジョゼは、とてもかわいかった。

そんな仕草を見せられると、僕としてもむらむらしてしまう。

「もちろん、今日もご奉仕させてください……」

そう言いながら、ジョゼは妖艶な雰囲気をまとって僕へと近づいてくる。

「んっ、ちゅ……」

そんな彼女を抱き寄せて、キスをする。そしてそのままふたりでベッドに倒れ込んだ。

「フィル様、ん、ふぅっ……」

僕はキスをしながら、彼女の服に手をかけていく。

「あっ……んっ、ふぅっ……」

彼女のほうも僕の服に手を伸ばし、互いに服を脱がせ合う。

ジョゼの綺麗な身体が現われると、目を引くのはやはり大きなおっぱいだ。

僕はその双丘へと手を這わせていった。

「あんっ、ん、あぁ……♥」

むにゅりと柔らかなおっぱいに指が埋まる。

そのまま心地いい感触にまかせて揉んでいく。

「ん、あっ、ふぅっ、んっ……♥」

かわいらしく反応するジョゼとそのおっぱいを楽しみながら、片手を下へと滑らせていった。

「ん、フィル様、そこ、んっ……」

「ジョゼのここ、もう濡れ始めてるね」

「あぅっ……恥ずかしいです……」

すべすべのお腹を通り過ぎて秘密の花園へ触れると、彼女のそこはもう潤(うる)みを帯びていた。

くちゅっと小さな音を立てながら、その割れ目をなぞり、愛撫していく。

「んはぁっ、あ、あぁ……んっ、フィル様も、もうおちんちん、硬くなってますね」

彼女は手を僕の股間へと滑り込ませ、肉竿を優しく握ってきた。

「たくましくて、すごく熱くなってます♥　ん、あぁ……ふぅっ、んっ……」

彼女の手が軽く肉棒をしごきながら、自らの秘部へと導こうとする。

「もう我慢できないんだ？」

「あぅっ……だって……」

尋ねると、ジョゼは恥ずかしそうにしながらもうなずいた。

僕にもそれでスイッチが入り、ジョゼにのしかかる。

彼女の足をそっと開かせ、その花園を露にさせた。

「あっ♥　ん、フィル様……」

そして薄く口を開けているおまんこに、滾る肉棒をつぷりと宛がう。

そのまま先端を押し込み、肉棒を秘穴に挿入していった。

「んはぁっ♥　あっ、あぁ……フィル様の、おちんちんが、んぁ……♥」

ぬぷり、ぬちゅっと音を立て、肉竿が彼女の膣内に挿入されていく。

熱くうねる膣襞に迎え入れられて、とても気持ちがいい。

「あふっ、ん、硬いの入ってきて、ん、あぁっ……」

正常位で繋がりながら、僕はすぐに腰を動かし始めた。

「あぁ……ん、あっ、あぅっ……」

蠕動する膣襞が絡みついてきてたまらない。ほんとうに気持ちいい穴だ。

「フィル様、ん、ふぅっ、あぁっ……♥　フィル様のおちんぽ、いいですっ！　んぁ、ああっ、ああっ♥」

「ああ、僕も気持ちいいよ」

ジョゼのおまんこはしっかりと肉棒を咥えこんで、吸いついてくる。

ぬめつく襞の感触を楽しみながら、欲望のままに腰を振っていった。

「あふっ、ん、あぁっ♥」

彼女は声をあげながら、その身体を揺らしてく。

見下ろせば常に魅力的なおっぱいが揺れていて、僕の目を楽しませてくれた。

「んはっ、あっ、あぁ……フィル様っ……♥」

ジョゼのおまんこは肉棒を締めつけ、丹念にしごいてくる健気な穴だった。

熱くうねるその膣内をかき回していくと、彼女の嬌声も大きくなっていく。

「んはぁっ♥　あ、あああっ！　フィル様っ、そこ、んぁ、ああっ！」

膣襞を擦り上げるように往復しながら、彼女の顔を見つめる。

僕の下で、すっかり感じて蕩けた顔になっているジョゼ。

「んはぁっ♥　あ、ああっ！　おちんぽ、奥まで来てますっ、んぁ、あああっ！」

明るく素直な普段とは違う女の顔。

そんなジョゼに興奮し、僕の腰使いは激しくなっていく。

「んはぁっ！　あっ、だめ、ダメですっ！　フィル様、んぁ、ああっ……！　あたし、もう、んぁ、イっちゃいますっ！」

そう言いながら、潤んだ瞳でこちらを見上げてくるジョゼ。

その表情に、僕はますます昂ぶってしまう。

「いいよ、好きにイって」

そう言って、肉棒でおまんこを貫いていく。

「あぁぁあっ♥　んぁ、あうっ……！　おちんぽ、おまんこの奥までズブズブ入ってきてっ、んぁ、あたしの中、いっぱい、いっぱいかき回してますぅっ♥」

激しく乱れるジョゼが、ますますエロい声をあげていく。

そんな彼女の蜜壺を突きながら、僕も射精欲が膨らんでいった。

「あぁ、んぁ、ああうっ……フィル様、んぁ、あああっ！」

彼女が声を漏らし、身もだえていく。

「あぁ、んぅっ、あっ、イクッ、もう、んぁ、フィル様のおちんぽで、イっちゃいますっ♥　あっあっ♥　ん、あぁっ……！」

「ぐっ……僕もイキそうだ」

そう言うと、彼女はぎゅっと僕に抱きついてきた。

「きてくださいっ♥　あたしの中で、いっぱい、せーえきだしてくださいっ♥」

「ああ……出すよ！　ジョゼ！」

抱き合うと密着感が増し、その大きなおっぱいもむぎゅっと押しつけられる。

僕はそのまま腰だけを動かし、絶頂直前のおまんこを犯していった。

「んはぁっ♥　あっ、あっあっ♥　んぁ、すごいのぉっ♥　イクッ、もうイクッ、イクイクッ、イックウウウゥウゥウゥッ！」

ジョゼが絶頂し、そのおまんこが激しく収縮する。

そんな刺激を受けてしまえば、僕も限界だ。

「う、出るっ……！」

びゅくんっ、びゅるるるるっ！

彼女の中に、勢いよく射精していく。何度も繰り返し、白濁が大量に迸（ほとばし）った。

「んはぁぁぁぁあぁぁっ♥　あっ、あぁ……♥　熱いの、フィル様の精液、びゅるびゅる、あたしの中に出てます♥」

中出しを受けたジョゼが嬉しそうに言いながら、熱いおまんこでしっかりと精液を受け止めていく。

「あふっ、あぁ……♥　いっぱい出ましたね、フィル様……♥」

僕は軽く彼女にキスをして応え、肉棒を引き抜いた。

「あんっ♥」

そしてそのまま、彼女を抱き締めながら寝転がる。

「フィルさまぁ……」

ジョゼも甘えるように抱きかえしてきた。

そしてしばらくは、そのまま余韻を楽しんでいたのだった。

●

炉が完成すると、本格的に鉄の生成が始まる。

僕の知識だけでは足らないから、専門知識のある人間も中央から呼び寄せておいた。

採掘や選別も少しずつ慣れて効率がよくなってきて、スローペースながら順調に進んでいるようだ。

動き始めた炉を見に行くと、ジョゼが火加減を見ながら管理をしているのがわかる。

僕は視察ということで、少し離れたところからその姿を眺めているのだった。

ジョゼはしっかりと取り仕切って動いており、一見して活き活きとしている。

「最近はフィルだって、ずいぶん活動的になったと思うけどね」

隣で一緒に視察を行っていたリーナが、そう口にする。

「そうかな」

「前よりもずっと、自分の意思で動いてるしね」

「それはまあ……そうかな」

こちらへ来てからは泥魔法の使い道も出てきたし、こうして鉄も見つかって……。

最初よりはずっと、自分で考えて動くことが多くなっていた。

嬉しいことにそれに伴って、村の人々からも好意を向けられることが増えている。

『領主様が来てから変わった』と喜んでもらえると、なんだかくすぐったくも嬉しいものだ。

「鉄のことも、順調に進んでるみたいだしね」

今後は、他の領とのやりとりも増えるだろう。金銭的にも余裕が出ることで、税収やその使い道などといった、領主本来の仕事も増えてくる気がする。

それはこれまでよりずっと大変なことだけれど……。

不思議と、それも悪くないかなという気がしている。

行動してちゃんと結果が出るというのは、やりがいがあるものだ。

「これからは、忙しくなりそうだな」

「ちゃんと頑張らないとね」

弾んだ声で言うリーナも、村に来てからのほうが楽しそうだ。

最初はどうなるかと思ったけれど、こちらに来てよかったなとあらためて思うのだった。

●

鉄の生産が成功してきたことで、領地は一気に変わっていった。

新たな鉄の産出地だということで職人たちも興味を示し、商人とともに集まってきたのだ。

辺境の地とは思えない賑わいを見せ始めており、急遽必要に迫られて建物も増えていた。

近い位置に原料が埋まっていたということや、ジョゼの魔法によって炉が安定していることなども大きい。ここではいいペースで良質な鉄が生産されているということで、中央でも話題になっているみたいだ。

中央からすっかり離れた僕たちにはあまり実感のないことだったけれど、押しかけてきた人々を見れば、本当なんだなぁと自覚せざるを得なかった。

そんなわけでこれまでとは大違いの賑わいとともに、大量の貨幣が村へと流れてくる。

畑のほうも上手くいっているから、村の様子はめまぐるしく変わっていった。

当然、僕の仕事も大忙しだ。

様々な書類に目を通し、村に新たに必要なものを手配していく。

人が出入りする関係で、近隣領主とのやりとりも増えていた。

新興の男爵家、それも飛ばされてきたということで下に見られてはいるものの、鉄は魅力的らしく、表面上は穏やかに事が進んでいる。

しかしこれは、さすがに人を増やさないとまずいな……。

畑の土に関することは、泥魔法があることによってスムーズだし、僕が受け持ったほうがいい部分だ。けれど鉄のことやそれに伴って流入してくる人々の管理、商人とのやりとり、必要な施設の増設などは、経験不足と言うこともあり僕がすべてをカバーするのは難しい。

経験のある役人を迎え入れて、回してもらったほうが良さそうだ。

その人材をどうするか、という問題はあるけれど……。

半ば追い出された僕は、実家のツテを頼ることもできないしね。

けれど一応、鉄の生産によって金銭的には余裕が出ているので、即戦力となる人を引き抜き、あとは育てるという形にできれば……。

そのあたりのことをリーナに話し、人を探してもらっている。

彼女にも決して明確なあてがあるわけではないが、中央を追い出された本人である僕やメイガンよりは、印象もずっといいだろう。侯爵家に代々仕えた人脈は伊達ではない。

とはいえ渉外担当となる人も、今後はそろえないといけないだろうな。

リーナは本来、身の回りの世話をしてくれるメイドなんだし。

需要が高いとは思っていた鉄だけれど、それが予想以上だったことで、今は大忙しだった。

追われるように仕事をこなす内に、どんどん日々が過ぎていく。

これまでの変化のなかった人生では、考えられないくらいだ。

大変である反面、こうして必要とされて慌ただしくするのは、不思議な充実感もあった。

一気に発展していく村を眺めつつ、僕は仕事に打ち込んでいくのだった。

●

今日も仕事を終えた僕は、まずいちばんにお風呂へと向かう。

やっぱり、疲れを癒やすにはお風呂だ。

水資源の豊富なこの土地では、お風呂のための水を用意するのが比較的容易だ。

湿気が多いから、お湯を沸かすための薪を乾燥させておくのは手間がかかるのだけれど、うちの場合はジョゼが火魔法を扱えるので、そのあたりの問題は容易に解決できる。

そんなわけで、のんびりとお風呂に入れるのはとても嬉しい。

ここ最近は忙しくなったので、お風呂のありがたさがしみる。

湯船でこんなにも癒やされるのは、元日本人だからなのかもしれないけれど。

そんなふうに思いつつお風呂に入っていると、がらりと浴室の扉が開く。

「うおっ……」

入って来たのは、リーナとメイガンのふたりだ。

お風呂だと言うこともあって、当然ふたりとも裸。

きゅっとくびれた腰に、たゆんと揺れるおっぱい。

思わず目を奪われている隙に、彼女たちは僕のそばへと来た。

「最近のフィルは頑張ってるからね。お風呂でも癒やしてあげようと思って♪」

そう言って、リーナが僕の隣へと来た。

「お背中、お流しします」

メイガンも隣へとやってくる。彼女たちに挟まれてしまい、僕はもう身を任せることにした。

「それじゃ、さっそく洗っていくね」

そう言って、リーナとメイガンは石鹸を泡立てていく。

裸の美女ふたりにお風呂でお世話をしてもらうというのは、男としてかなり嬉しい状況だ。

そんな喜びに浸っていると、ふにょんっと柔らかな感触が背中に伝わってきた。

「フィルの身体、おっぱいで綺麗にしてあげる♪」

そう言いながら、リーナが後ろで身体を動かしていった。

むにゅ、ぽよんっとおっぱいが押し当てられ、背中を擦っていく。

ぬるぬるとした泡と一緒におっぱいを押しあてられて、すごく気持ちがいい。

「ん、しょっ……」

そのままむにゅむにゅと背中をおっぱいで擦られていく。

身体を洗う、という目的が果たされているかはともかく、おっぱいは気持ちがいいし、このシチュエーション自体もエロく、興奮するものだ。

「ん、それでは私も……」

「おぉ……」

同じく泡を胸にまとったメイガンも、僕の身体へとその爆乳を押し当ててきた。

背中はリーナが洗っているため、彼女は僕の腕をとって、それをおっぱいへと挟み込んでくる。

もにゅんっと腕をおっぱいに挟まれ、その状態でメイガンが身体を動かしていく。

「んっ。ふぅっ……」

吐息を漏らしながら、身体を前後させる。

腕をおっぱいで挟まれるというのもなかなかないことで、思いのほか興奮してしまう。

「あふっ……フィル殿の腕が、おっぱいを擦ってきて、んっ……」

ぬるぬると腕を洗いながら、メイガンのほうも色っぽい声を漏らしていく。

自ら動きながら気持ちよくなっている姿というのは、やはりエロいものだ。

「あふっ、ん、あぁ……」

「リーナも、気持ちよくなってきたみたいだね」

「なんでそんなこと、んっ……わかっちゃうの♥」

背中におっぱいをこすりつけてくるリーナ。

そのもにゅんとした柔らかさの中に、一部分だけしこりのようなものを感じる。

リーナも気持ちよくなって、乳首が立ってきているのだ。

「背中に乳首が当たってるしな」

「ん、もうっ……んぁ……」

ばれているとわかったリーナは開き直って、その乳首を背中にこすりつけてきた。

柔らかな乳房の中で、こりっとした感触はアクセントになる。

「ん、ふぅっ……あぁ……」

「フィル殿、んっ……」

メイガンのほうは腕を挟み込むようにして、おっぱいを上下に動かして洗っている。

背中と違い、こちらはその光景を目にできるので、視覚的にも高まっていくのを感じた。

「そろそろ、前も洗わないといけませんね」

そう言ったメイガンが腕を離れ、正面へと向かってきた。

「それじゃ、わたしは反対の腕を洗うわね」

今度はリーナが腕へと回り、そのおっぱいで腕を挟み込んでくる。

「んっ……」

むにゅりと挟み込まれていると、すぐ正面にいるメイガンが爆乳をぴとりと僕の胸板へと押しつけてきた。

「あぅ……前からだと、なんだかすごく恥ずかしいですね……♥」

すでにかなりのことをしていたのだが、こうして見つめ合う形になると、たしかに恥ずかしさが増すな……。

「ん、しょっ……」

メイガンは羞恥で頬を赤らめながら、身体を上下へと動かしていった。

「おぉ……」

押し当てられるおっぱいがむにゅりと形を変えながら上下する光景は、とてもエロい。

「ん、はぁ……んっ」

美女が身体を動かして奉仕する光景を、間近で眺める。

「あふっ、んっ……」

たわわな果実が僕の胸板にこすりつけられながら、むにゅむにゅと動くのだからたまらない。

「ん、ふぅっ……」

「フィルってば、すっごくえっちな顔になってるわよ？　ん、あぁ……」

腕を洗いながら、リーナが言った。

彼女からは僕のゆるんだ横顔が見えており、いたずらっぽい笑みを浮かべている。

「おっぱいで洗われるの、気持ちいい？」

「ああ、すごくいいよ」

僕は素直に答える。

美女ふたりにおっぱいを押しつけられて、気持ちよくないはずがなかった。

ふたりの裸が泡まみれだというのも、いつもと違って興奮する。

「いっぱい癒やされてくださいね」

メイガンは恥ずかしそうに言いながらも、その爆乳おっぱいで僕の身体を洗っていく。

「次はふたりで腿を洗いましょうか」

「そうですね……」

するとと彼女たちは僕の両足へとそれぞれついて、腿をおっぱいで擦っていく。

「うっ……」

二組のおっぱいが腿を泡まみれにしていき、彼女たちの視線は足の間へと向いていた。

「フィル殿のここ……もう硬く反り返って……♥」

「ガチガチのおちんちんをそんなに見せつけられたら、んっ♥」

「うっ……いや、これは」

おっぱいでご奉仕されながら、ぴくつく肉棒を見られるのは気持ちよくて恥ずかしい。

その部分にはまだ直接触れられていないから、焦らされているような感じだ。

「ふたりとも……あぁ……」

「ほらほら、しっかり洗ってあげるね」

「ん、すっかり泡みれになっていますね……」

僕は気持ちよさともどかしさに流されながら、ふたりを見る。

「最後はもちろん……ね♪」

「ああ……私たちの胸で、たっぷりご奉仕させてもらう」

そう言って、ふたりは僕の股間へと身を寄せてくる。

大きなふたりのおっぱいが、全身を洗われている間も待たされていた肉棒へと迫ってきた。

「せーの」

「えいっ♥」

「うぁ……あぁ……」

むにょんっとおっぱいが肉棒を包み込んだ。

たわわな双丘へと埋もれた肉棒が、柔らかく包みこまれてしまう。

「これは、あぁ……」

思わず声を漏らしてしまう。

おっぱいに挟み込まれ、その柔らかさと気持ちよさが広がっていった。

「あんっ、おちんちん、すっごく硬くなってる」

「それに熱くて……♥　ん……」

ふたりのおっぱいが、むにゅむにゅと肉竿を愛撫してくる。

「あはっ♪　フィルってばおちんちん挟まれるの、気持ちいいんだ？」

「ああ、すごくいい……それに、泡ですべるし……」

「確かに、これならかなり動きやすいですね……ん、しょっ」

「あぁ……そ、そうだけど、くうぅ……」

メイガンがさっそくおっぱいを上下に揺すり、パイズリをしてくる。

泡の分スムーズにおっぱいが弾み、肉棒を的確にしごいてきた。

「ん、それじゃわたしも、えいえいっ♪」

「リーナ、うっ……」

それに負けじと、リーナも素早くおっぱいを揺らした。

「ん、しょっ……」

「おちんぽが胸を押し返してきて、んっ……」

ふたりが胸を寄せ合い、肉棒を擦っていく。

「うぉっ……すごいよふたりとも、こんな奉仕は初めてだ」

彼女たちの大きな胸が、僕のものを挟み込んで刺激してくる。

「あふっ、ん、ふぅっ……気持ちいいでしょう？　わたしたちが協力してご奉仕してるんだから、楽しんでもらわないと♪」

「ああ……すごくいいよ」

「ふぅ、ん、しょっ……喜んでいただけたようで嬉しいです。少し恥ずかしいですが……フィル殿のためなら」

ふたりとも積極的にご奉仕をして、僕を責めたててくる。

「ほらほら、もっと押し付けて挟んであげるわっ！」

「むっ、私も負けていられませんね」

ふたりが競うように胸を押し付けてパイズリしてくるので、股間では天国のような柔らかい感触が広がっていた。

「ん、しょっ、えいえいっ♪」

「フィル殿、どうですか？　むぎゅー」

むにゅむにゅとおっぱいを押しつけられて、その気持ちよさに押し流されてしまう。

「あふっ、ん……泡でぬるぬるのおちんちんが、おっぱいの中で跳ね回ってる……♥　ほら、にゅるんっ、ぬぷぷ……」

「う、あぁ……ニーナ……そこは」

「私はもっと刺激を、むぎゅー、ぎゅ、むにゅぅっ……」

「メイガンまで、うっ……」

メイガンが両胸を押さえるように押しつけてきて、肉棒を圧迫してくる。

その気持ちよさに、精液が押し出されそうになった。

「それじゃわたしは動きで、えいえいえいっ♪」

「あぁっ……もう！」

「ひゃうっ♥　それ、私まで、んぁっ♥」

圧迫感では対抗できないリーナは、その分おっぱいを揺らして肉棒をしごき上げてくる。

それは僕だけではなくメイガンのことも刺激して、気持ちよくさせているようだ。

「あんっ♥　だめ、あぁっ……」

「ひゃうっ、メイガンだって、んぁ、わたしの乳首、んぅっ♥」

僕のチンポを挟んで、ふたりのおっぱいがこすれ合っていく。

その光景と、感じている彼女たちもかなりエロい。

「ん、ふぅっ、あぁ……♥」

「あぅっ、ちょっと、んぁっ……」

美女ふたりがおっぱいを擦り合わせている姿は、かなりの眼福だ。

しかもその間には僕のチンポが挟まれているため、気持ちよさがダイレクトに伝わってくる。

「あうっ、ん、しょっ……」

「あぁ……ふたりとも、んっ……」

にゅるにゅるむぎゅむぎゅと肉棒を刺激されていると、もう限界が近づいてきた。

「あっ♥　おちんちん、また膨らんできたわね」

「ん、このまま私たちのおっぱいで、気持ちよくなってください」

「ああ……そろそろ出そうだ」

僕がそう言うと、ふたりはさらに激しく、おっぱいで肉棒を擦り上げてきた。

「んっ、ふぅっ、しょっ、えいっ♪」

「んぁ、あっ、あぁっ、んくっ♥」

激しいパイズリによって、精液が駆け上ってくるのを感じた。

「ほら、そのまま出して♥　えいえいっ」

「あぁ……フィル殿のおちんちん、すごい……ん、しょっ」

「う、出るよっ……」

宣言とともに、僕は一気に射精した。

「きゃっ♥」

「わぁ♥　すごい勢いですね、ふふっ♥」

ふたりのおっぱいに挟まれたまま、勢いよく精液が飛び出していく。

吹き上がったそれは、彼女たちの顔と胸を白く汚していった。

「あはっ、すっごい濃いのが出たわね♥」

「フィル殿の熱いザーメンが、ん、あぁ♥」

僕が出したものでマーキングされたふたりが、うっとりとそれを受け入れている。

「わたしたちのパイズリ、気持ちよかった？」

「ああ、最高だったよ」

僕は射精の余韻に浸りながら、そう答える。

こんなふうにご奉仕されると、仕事の疲れも吹っ飛ぶというものだ。

「よかった♪」

「さ、身体が冷えないように、しっかりと温まってください」

メイガンが促しながら、僕の身体をお湯で流していく。

彼女たちに包まれてすっかりと熱くなっていたけれど、僕はそれに従うのだった。

●

畑の成功と製鉄で賑わうことになった領内。

当初の寂れた様子とは一変し、今ではどんどんと発展を遂げていっている。

さすがにこの発展速度では僕のほうも処理が追いつかず、今は雇い入れた役人に実質的な作業を任せていた。

製鉄によって金銭収入が増え、税収も出てきたので、すぐに他の領地で実務経験のある人を雇い入れることができたのだ。

長年、なんとか自給自足に近いことを行っていたこのあたりでは、経済活動におけるノウハウがほとんどない。

僕にしたって、前世はともかく、こちらへ来てからは出来損ないなりに貴族として養われているだけだったし……。

　この世界の経済についてを理解して、実務処理をこなせる人は必要だった。

　畑をはじめとした土壌については、僕の泥魔法を使うのがてっとりばやいことも多いのでまだ担当しているけれど。彼らのお陰で、それ以外は一時期より大分のんびりできるようになったのだ。

　まあ、急速に発展した分、近隣の領主たちと話をしないといけない機会も増えたけれど……。

　元々、シュイナール侯爵家のできそこないとして飛ばされたことは知られているので、舐められている部分はある。

　運良く鉄を産出できただけという空気も、ちょくちょく感じていた。

　特に、この周囲で力を持っているゴルディ伯爵は、突然現われて急速に力をつけているこちらを快く思っていないようだった。もしかしたら、中央にあるシュイナール侯爵家の出だというのも、それに拍車をかけているのかもしれない。

　というように貴族間では厄介な空気もあるものの、村のほうではすっかりと領主として尊敬されるようになってしまった。

　事務仕事を任せられるようになって時間があいたことで、視察として村へ出ることもあるのだが、あちこちから好意的に声をかけられる。

　これまでの人生ではなかったことなので、すごく新鮮だ。

　まだまだ賛美に慣れていないため、くすぐったくて落ち着かない。

　けれど、それだけ喜んでもらえるとなると嬉しいものだ。

そんなことを思いながら視察を行い、一廻りすると屋敷へと帰っていく。

ここへきてからはずっと、いい方向に回り出している。

僕自身だけではなく、村の人々も改善を実感して感謝してくれるのだ。

結果的には、この左遷はとてもよかった。僕的には大成功だ。

そうとなれば、これからもマイペースに頑張っていこうと思うのだった。

●

今日も夜になると、リーナが部屋を訪れて来た。

「最近はほんとに、いろいろと頑張っているわね」

「うん……なんだか必要とされてるからね」

ここに来るまでは考えられなかったことだけれど、これだけ期待されれていると応えたくなってしまうものだ。役人たちのおかげで、だいぶ動ける時間も増えたしね。

「ここに来てからのフィルは、とっても活き活きしていい感じね」

「ああ……そうかも」

シュイナール家にいたころは落ちこぼれとして軽んじられていたし、家の恥だから、あまり外へ出たり何かしたりってことができなかったしな。

そんなわけで何もしていなかった頃と違い、こちらへきてからは畑の改善をきっかけに、忙しく日々をすごしていた。

途中は忙しすぎて大変だったけれど、それも落ち着いた今、ある程度のんびりしつつも充実した毎日を送っているといえるだろう。

「いいことだと思うわ。フィルが認められてるのは、わたしも嬉しいし」

リーナはそう言って笑みを浮かべた。

幼いころからずっと一緒で、役立たずだった僕を見てきた彼女にとっては、今の必要とされる姿に対して思うことも多いのだろう。

と、しばらくはそんな話をしていたのだけれど、彼女が妖しく迫ってくるのだった。

「それに、前よりえっちなこともいっぱいできるしね♪　忙しくても、いろいろ元気になっちゃってる♪」

「うわっ……」

彼女はそのまま、僕をベッドへと押し倒してきた。

「リーナも、随分とえっちになったよね」

元からメイドとしてのご奉仕はしてくれていた彼女だけれど、こちらへ来てからは今のように、そういった建前さえなくくっついてくることも多くなっていた。

「今はもう、お屋敷内でのフィルの立場とか、気にしなくていいからね」

「なるほど……」

お荷物だった頃の僕が、ひたすらメイドといちゃついているというのは確かに印象もよくないな。

まあ、そのくらいで下がりようもないくらい、僕の評価は悪かった気もするけれど。

ともあれ、今は僕が男爵としてこの家の当主だし、一応仕事もできていて、後ろめたいこともないというわけだ。

リーナはぐっと身を乗り出して、僕の服を脱がせていった。

「ふふっ、まずはお口でご奉仕するわね」

そう言って僕の股間へとかがみ込んでくる。

「それなら、リーナは逆を向いてよ」

「逆？」

「そう。そうやって足の間にしゃがみ込むんじゃなくて、こっちをまたぐみたいに」

「それって……」

その格好を想像して、リーナが少し恥じらいを見せる。

そんなふうにされると、なおさらさせたくなってしまう。

「ほら、ストッキングも脱いで」

「う……わかったわよ」

彼女は言われたとおり、ストッキングを脱いでいく。

女の子が自分でスカートの中に手を入れている姿って、なんだかとてもそそるものがあるな。

生足自体は、本来そこまで隠すものでもないんだけれど……。

普段ストッキングで隠れているとなると、それを脱ぐ様子だけでもエロい感じになっていく。

「もう、そんな目で見られたら恥ずかしいじゃない」

リーナはそう言いながら、ストッキングを脱いでいった。

目の前に彼女の白い足がすらりと伸びており、僕の視線を惹きつけていく。

「それで……この格好でまたがるの？」

「ああ、そうだね」

答えると、彼女は言われたとおりに僕の顔をまたぐようにした。

リーナの短いスカートの中に、無防備な下着が見える。

「うっ……」

すでに裸を何度も見てきた仲だけれど、こうしてスカートの中を覗くというのは非日常的なエロさがあるものだ。

リーナのほうも、なまじまだいつもの服を着ている分、全裸より恥ずかしいみたいで少し落ち着かない様子でこちらを伺っている。

幼なじみの、その恥じらいがまたそそるのだ。

下からのぞき込むスカートの中と、かわいいショーツがすごくいい。興奮する。

リーナは恥ずかしさを隠すように、かがみ込んで奉仕へと移るようだった。

「それじゃ、始めるわね」

そう言って四つん這いになると、僕の肉竿へと手を伸ばしていく。

かがむことで腰がぐっと近くなり、僕の目の前にショーツが迫った。

布地のシワまで確認できるような距離だ。

当然、ショーツが覆っている女の子の大事な割れ目の形もうかがえる。

「もう、おちんちん、急に大きくなってきてるんだけど」

興奮の反応は如実（にょじつ）に股間に表れ、リーナが呆れたような嬉しいような声を出した。

そしてそのまま、膨らみかけの肉竿をしごいてくる。

僕のほうも、目の前の割れ目へと手を伸ばしていった。

「んぅっ♥」

下着越しになで上げ、軽くいじっていく。

するとリーナも反撃とばかりに、肉竿を手でもてあそんでくる。

「ん、しょっ……えい♥」

彼女の手が肉竿を的確にいじっていく。

その心地よさに浸っていると、すぐに肉棒が最大まで硬く膨らんでいった。

「ふふっ、相変わらず大きなおちんちん……♥」

そう言ってリーナは、手を上下に動かす。

「こんな凶暴なモノを女の子に挿れちゃんだもんね」

「リーナのおまんこは喜んで咥えこんでくれるしな」

「だって、すごく気持ちいいもの♥　チュッ♪」

そう言いながら、亀頭に口づけをしてくる。唇の柔らかさに肉竿が反応してしまった。

「あはっ♥　おちんちん、ぴくって跳ねたわね♪」

「それなら僕だって……」

「んはぁっ♥」

下着ごしにクリトリスを擦ると、リーナもまたぴくんと反応した。

そのまま敏感な陰核を下着ごしに擦っていく。

「あっ……ん、ふぅっ……」

最も敏感な淫芽をいじられて、艶めかしい吐息を漏らす。

「あふっ、ん、あぁ……♥」

リーナはもっととねだるようにお尻を動かしている。

誘うようなその動きにつられ、僕はさらにアソコをいじっていった。

「リーナのここから、蜜があふれ出してきちゃってるな。……ほら、もう下着から染み出してエッチな音をさせてる」

「んあぁっ……♥　だって、んぅ……」

下着がじっとりと濡れ、割れ目の形をよりはっきりと伝えていた。

その部分を撫でると、くちゅっ……と小さくいやらしい水音が響いていく。

「あっ♥　ん、あぁっ、んぅっ……」

下着越しに陰部を愛撫され続けて、リーナがエロい声を漏らす。

「あぁ、ん、あんっ……私だって……しこしこーっ、おちんちんしごいて、ん、あふっ♥　れろぉっ……♥」

彼女も手を動かしてしごきながら、先端を舐めてくる。

その気持ちよさを受け取りながら、さらにおまんこをいじっていった。

「ん、しょっ……あんっ、ん、ふぅ……れろぉっ」

手コキしながら肉棒を舐めてくるリーナ。

僕はそんな彼女の下着をずらし、充分に潤った割れ目を直接いじっていく。

「んぁっ、あっ、あぅっ……」

くちゅくちゅとおまんこをいじるほどに、愛液が際限なく溢れてくる。

メスのフェロモンを漂わせるその秘部を、夢中で愛撫していった。

「あぁ……♥　ん、ふぅっ、フィル、あ、んぁっ♥」

リーナが艶めかしい声をあげて感じている。

「んぅっ、あ、そんなに、んぁ、ああっ……」

僕は彼女のお尻に手を回して、ぐっとこちらへと引き寄せた。

「あんっ♥」

すっかりと濡れたおまんこが目の前に来る。

僕はそこへ直接舌を這わせ、愛撫をしていった。

「んはぁっ♥　あ、ああっ……フィルの舌が、んぁ……わたしのアソコを、ん、くぅっ……ふぅ、あ、ああっ……！」

そのまま下品な音を立てて、彼女おまんこを舐め回していく。

「ひゃうっ……あっ、ああ♥　そんなに、ぴちゃぴちゃ音を立てちゃだめぇっ……♥　んぁ、あっ、あうっ！」

彼女は快感に身体を揺すっていく。

そして無意識に腰を引こうとしたけれど、僕はお尻を押さえて逃がさなかった。

「んはっ♥　あ、ああっ……ん、くぅっ……！」

リーナのおまんこは僕の舌奉仕を受けてひくついている。

その内側の襞へと舌を這わせ、もっと刺激していった。

「んぁ、あっ、あああっ……！　あうっ、ん、くぅっ！」

嬌声をあげながらも、リーナもこちらへの愛撫を再開する。

「わたしだって、んぁ、あぅっ、ちゅぶっ、れろっ、ちゅぅぅっ……♥」

「うっ……」

チンポにしゃぶりつき、そのままバキュームしてくるリーナ。

しっかりと吸いついてくるその口が、肉棒を適度に高めていく。

僕も負けないよう、彼女へ愛撫を行っていった。

「じゅぶっ、ん、ふぅっ♥　れろっ、ちゅぶっ、ちゅぅっ……！」

しゃぶりつく彼女のクリトリスを舌先でいじっていく。

「んむぅっ♥　ん、あっ♥　じゅるっ、ちゅぅっ、ちゅぶぶっ……！」

互いの性器を口で愛撫し合い、僕らは昂ぶっていった。

「れろろっ……じゅるっ、ちゅっ、ちゅぅっ♥」

敏感な淫芽を舌先で押し、あふれ出る愛液をすすっていく。

「んむぅっ、じゅる……れろっ、ちゅ、ちゅぶっ♥」

彼女はお返しに肉竿をしゃぶり、頭を激しく往復させていた。

「じゅぶぶっ、じゅるっ、んっ♥　あっ、れろっ……じゅぶぅっ！　あ、そこ、だめぇっ……♥」

僕が同じようにクリトリスに吸いつくと、リーナはエロい声とともにバキュームを繰り返す。

「じゅぶぶっ……♥　ん、このまま、じゅるっ……私のお口に、ちゅっ♥　れろっ、じゅるっ」

強く吸いつかれて、一気に射精欲が増してくる。

彼女もかなり限界が近いようで、僕らは互いの愛撫で快楽に流されていった。

「れろろっ……じゅるっ、じゅぶっ、じゅるっ……んはぁっ、あっ♥　ああぁっ！　イクッ！　んあ、れろっ、じゅぶぶっ♥」

「く、ああ……僕も、うぁっ……」

「じゅぶじゅぶじゅぶっ♥　れろっ、じゅるっ、ちゅぅうっ！　んはぁっ♥　あ、あっあっ♥　イクイクッ！　れろっ、じゅぼぼぼぼっ！」

「う、あぁ……！」

「ん、んぁ、ああっ！　じゅぶぶっ、んむっ、んはぁあっ♥　あ、じゅるっ、ちゅぶぶっ、じゅるるるっ！」

彼女が全身を跳ねさせてイキながら、肉棒を思いきりバキュームした。

その刺激に耐えきれず、僕も精液を放っていく。

「んむぅっ♥　ん、んぶっ、んぁ、あぁ……♥」

肉棒が跳ね、精液を次々に口内へ送り出していった。

その勢いに驚きつつも、彼女はしっかりとその小さな口で受け止めていく。

「んくっ、じゅるっ……こくっ、ん、ごっくん♥　あぁ、濃いの、いっぱい出たね♥」

「ああ……。リーナも気持ちよくなってくれたみたいだね」

「うん……だってフィルってば、わたしの弱いところを的確に攻めてくるから……」

僕らは何度も身体を重ねて、もう互いの感じるところを把握している。

「あぁ……ね、フィル、次は、ね？」

気持ちよくはあったものの、もちろん一回じゃ満足しない。

それに間近で性器に触れて愛撫していたのだ。そちらも味わいたいと思うのも当然だった。

リーナは身体の向きを変えると、再び僕へとまたがってくる。

そして肉棒をつかみ、イったばかりのおまんこへと導いていった。

「んっ……ふぅ、ん、あぁ……♥」

彼女が腰を下ろし、肉竿をおまんこへとおさめていく。

熱くうねる膣内に迎え入れられると、最初からすごく気持ちがいい。

「あふっ、ん、あぁ……♥　舌も気持ちよかったけど、やっぱりおちんちんがいちばん……ん、

「ふぅっ、んぁっ」

肉棒を迎え終わると、リーナはうっとりとそう言って僕を見下ろした。

「んぁ……♥　それじゃ、動くわね」

「ああ……」

僕がうなずくと、彼女はゆっくりと腰をグラインドさせ始める。

「んはぁっ……あっ、んっ……」

前後に腰を動かせば、肉竿が膣内を押し広げるようにして動いていく。

そこに蠢動する膣襞が絡みつき、肉棒を絶えず刺激した。

「んぁ、あっ、ああ……」

リーナは小さく声を漏らしながら、腰体まず動かす。

前後に腰を振る度に、綺麗な肢体が波打つよう動いていく。

その中でもやはり目を引くのはおっぱいだ。

大きなおっぱいが柔らかそうに弾む。その光景はとてもいいものだ。

「んっ……はぁ、あぁ……フィルのおちんちんが、わたしのなかっ……んぁ、あぁ……いっぱい、押し広げて、んぅっ……！」

彼女は僕の身体に手をついて、今度は上下運動も含めて腰を振り始めた。

「あぁっ、ん、あぁ……♥　ふぅ、んくぅっ！」

これまでより激しく動く彼女。

肉棒も膣内でしごかれ、高められていく。

「あんっ、んー、ああっ、んくぅっ♥」

さらに激しく動くことでおっぱいもより大きく揺れて、僕の目を楽しませた。

「んはぁっ♥　あっ、ああっ……！」

彼女は声をあげながら、ピストンを行う。

「んぅぅっ、あっ、は、はぁっ……♥」

僕は下から手を伸ばして、そのおっぱいを持ち上げるように揉んでいった。

「んはっ♥　あっ、フィル、あんっ……おっぱい、そんなふうに、んぁっ、あっ！　ひゃうっ、ん、あぁ……」

むにゅむにゅとその柔らかさを楽しんでいく。

下から持ち上げると、たっぷりのボリューム感をいつも以上に感じることができる。

僕の指でどんなふうにも形を変えるおっぱい。

大きな胸の重みと、その柔らかさを堪能していく。

「んぁ、あっ、ああっ……♥　いいっ、それ、くぅっ！」

もにゅもにゅと乳房を楽しみつつ、その頂点でつんと尖っている乳首もつまみ、こね回していく。

「んはぁっ♥　あっ、ああっ！」

嬌声をあげながらびくんと反応し、それと同時に膣内がきゅっと締まっていく。

彼女が感じているのに合わせて、膣襞が素直に吸いついてくるのだ。

「んはぁっ♥　あっ、そこ、だめぇっ……♥　乳首、んぁ、ああっ！　そんなにくりくりされたらぇっ♥　んぁ、あああっ！」

リーナがあられもない声を出しながら、それでも腰を振っていく。

ダメだと言いながら、身体のほうはもっと快楽を求めているようだった。

その期待に応える形で、僕は乳首を責めていく。

「んくぅうっ！　あ、あぁっ……！　らめ、んぁ、あっ、ああっ！」

乳首をこね回しながら、ふにゅふにゅと乳房の柔らかさも楽しむ。

蠕動する膣襞の気持ちよさを確かめながら、僕の上で乱れるリーナを眺めた。

「んはっ♥　あっあっ♥　ん、くぅっ……！」

腰の動きが速くなっていく。

彼女は激しく腰を振りながら、自分もどんどん昂ぶっているようだった。

「んはぁっ♥　あっあっ♥　もう、んぁ、くぅっ……イっちゃう……！　んー、ああ、ああっ！

フィルっ、ん、あぁ……」

「く、リーナ……すごいな」

彼女は僕の上で激しく乱れ、ピストンを続ける。

それほどまでに求めてくれているという喜びと、そのエロさで僕も高まっていった。

「んはぁっ♥　あっ、ああっ……もう、だめっ……！　んぁ、あ、ああっ！　イクッ、すごいのぉっ♥　んぁ、ああっ！」

「く、あぁ……」

彼女はラストスパートをかけてきた。

大きく腰を振り、膣内を締めて肉棒をしごき上げる。

貪欲に快楽をむさぼるようなその動きで、僕も射精欲が高まっていった。

「んはぁ♥　あっあっ♥　ん、くぅっ！」

僕は彼女の高まりに合わせて、強めに乳首をいじっていく。

「んくぅっ！　あ、乳首、んぁ、乳首もおまんこも、いっぱい気持ちよくされて、こんなの、んぁ、あぁっ！」

彼女は大きく身体とおっぱいを揺らしていく。

「んぁ、ああっ、もう、んぁ、イクッ！　フィルも、きてっ……！　んぁ、あっあっ♥　イクッ、ん、あぁあっ！」

「う、ああ……僕もそろそろ出そうだ」

僕はリーナの乳首をつまみ、いじりながら言った。

「んはぁッ♥、らめっ、いっぱい気持ちよくて、もう、んぁ、あっ、なにもかんがえられない！　イクッ！　イクイクッ、イックウゥゥゥッ！」

最後にぎゅっと強めにつまんだのに合わせて、リーナが絶頂した。

身体をびくんと震わせながら快楽に飲まれていく。

膣内が収縮して肉棒を締めつけており、その気持ちよさが僕に射精を促す。

「んぁ、ああ、あぁ……♥」

対してリーナ自身は、その気持ちよさに浸って腰が止まった状態だ。

僕は乳首から手を離すと、彼女の腰をつかんで、下から突き上げ始める。

「んはぁぁっ♥　あ、フィル、イったばかりのおまんこ、んー、ああっ、あぁっ♥　そんなに突かれたらわたし、んぁ♥」

「僕もそろそろイキそうだからね……このまま、んっ……！」

「んはぁっ♥　しゅごいのぉっ、んぁぁっ！　あっ、フィル、あぁっ♥　あっ、あぅっ、イってるのにぃっ……またイっちゃう♥」

リーナは突かれるままに、快楽に飲み込まれていく。

おまんこは強く反応してますます締めつけてくる。

リーナ自身も乱れまくり、エロい姿をさらしていた。

僕も射精に向けて、その快感を味わい尽くしていく。

「あぁっイクッ！　またイクッ！　敏感おまんこ、いっぱいズブズブされてぇっ……♥　突き上げられて、イっちゃう♥」

「ぐっ、リーナ……！」

「んぁっ♥　あっ、あああっ！　イクッ！　イキながらイクウゥッ！　あっあっ♥　んっ、あ、あぁぁっ！」

ぱちゅぱちゅと音を立てながら、彼女のおまんこ、そして子宮口を肉棒で犯していく。

僕の上で快感に乱れるリーナの姿はとても艶やかだ。

「あぁっ！　らめぇっ……イキすぎて、おかしくなりゅっ……♥　んぁ、あっ、ああっ！　もう、んぁ、んくうぅぅぅっ！」

「う、出るっ！」

びゅくんっ、びゅるるるるるっ！

何度目かの絶頂に合わせて、僕も腰を突き出して射精した。

「んはぁぁぁっ♥　フィルの、んぁ、せーえきっ♥　イってるおまんこに、びゅくびゅくでてるぅっ♥　んぁ、あぁぁっ！」

彼女は中出しを受けながら絶頂し、肉棒をぎゅっと締めあげる。

僕はそのまま、彼女の中にしっかりと精液を注ぎ込んでいった。

「あうぅっ……すごい……お腹の中に、フィルのせーしがいっぱい……んっ♥」

彼女はそのまま、こちらへ倒れ込んできた。

僕はリーナを受け止めて、そのまま隣に寝かせる。

「んっ……」

彼女が抱きついてきたので、僕も抱きしめ返した。

そのまま互いの体温を感じて安心し、ゆっくりと眠りに落ちていくのだった。

第四章　ゴルディ伯爵を成敗

村はどんどん発展していく。

最初はぽつぽつと小さな家があるだけだったのに、今では炉のための施設や商売用の区域、外部から来た人向けの施設などで賑わっていた。

「村もすっかりと元気になりましたね」

夜になり、僕の部屋に来たジョゼがそう言った。

「ああ……ほんとにね。ここまでになるとはなぁ……」

「これも、フィル様のおかげです」

彼女は明るくうなずく。

「前は畑さえもちゃんとできなくて、生きていくのも大変でした……。でも今は、みんな問題なくご飯が食べられます」

安心したようにジョゼが言う。

長年、まともな領主すらおらず、放置されていた土地だ。

土壌は悪く、余裕がないこともあって特産品なども作れない。

なんとか生きてはいけていたようだが、決して楽ではなかっただろう。

けれど今は、食べていくのには困らない。

村の急激な変わりようをあまりよく思わない人もいるのかも……とも思ったが、ジョゼによると
そんなことはないらしい。

「そんな余裕、ありませんでしたから」

以前を懐かしく思う、というのはある程度余裕があってこそのものだ。

そんな話をした後は、ジョゼが奉仕を始めてくれる。

「フィル様のおちんちん、今日はお口でご奉仕させていただきますね♥」

ジョゼはすっかりと妖艶な雰囲気になって、僕に迫ってくる。

最初は、あまり性的な知識もない処女だったのだが……。

いまではすっかりと、えっちな女の子になっていた。大胆さでは一番かもしれない。

もちろん、喜ばしい成長だ。

「まずはおちんちんを……手を使わずに出しますね♪」

彼女は僕の股間へとかがみ込むと、口を近づけてズボンごしに刺激してくる。

「うっ……」

「あむっ……はむ、ちゅっ♥」

彼女の口がはむはむとズボンの上から肉竿へ愛撫を行う。

少しもどかしい刺激とともに、肉棒に血が集まってくるのを感じた。

「ん、むぅっ……おちんちん、反応してきましたね」

そう言った彼女は、ジッパーへと口を動かしていく。

「ん、むぅっ……結構難しいです。あむっ、んむっ……」

「ジョゼ……うぁ……」

彼女は初めての挑戦で上手くいかず、股間のあたりでもぞもぞと口を動かしていく。

それが意図せぬ気持ちよさとなって、僕に襲いかかってきていた。

「ん、むぅっ……あむっ、ん……」

僕の股間に顔を埋めたまま、ズボンを脱がせようと必死に動いていた。

その光景に目を落としてみると。

「ん、んむっ、んー」

不器用ながらご奉仕しようとしている姿は、いじらしく微笑ましい。

たしかに微笑ましいけれど、していることがすごくエロい。

それが刺激となって、劣情を煽ってくるのだった。

「ん、しょっ、ん、あふっ……」

もぞもぞと動かれ刺激を受けていると、ついにズボンを脱がせることに成功した。

「あふっ……フィル様のおちんちん、もう大きくなってますね」

「ジョゼがさんざん擦ってきたからね……」

「あぅっ……」

彼女が頑張って股間に顔をこすりつけてきている姿は、かなり興奮するものだった。

「あむ、ん、あんっ♥」

そしてそのままパンツを下ろすと、すでに硬くなった肉棒がぶるんっと出てくる。

そして彼女の顔にぺちん、と当たるのだった。

「あぁ♥　フィル様の大きなおちんちん……♥　ちゅっ♥」

「うわ……」

彼女はそのまま、亀頭に軽くキスをしてきた。

柔らかな刺激に声を漏らすと、彼舌を伸ばして舐め始める。

「れろっ、ちゅっ……ぺろっ……」

彼女の舌が亀頭を舐め上げ、刺激してくる。大きく出した舌が、艶めかしく動いてきた。

「ぺろっ、ちろっ、れろっ……」

彼女は片手で肉棒を支え、舌を伸ばしていく。

裏筋のあたりを舐めながら、上目使いにこちらを見てきた。

「フィル様、気持ちいいですか？」

「ああ、すごくいいよ……」

僕は正直に答えて、その気持ちよさに身を任せていく。

「あむっ……おちんちん、こんなに大きくて、太くて……すっごく舐めがいがあります……♥　れろっ、ちゅぅっ♥」

「おお……」

ジョゼがぺろぺろと肉棒を舐めていく姿を眺めるのは楽しい。健気さがとてもいいからだ。

「れろろ……ちろっ、んっ……フィル様のおちんちん、たくましくて……れろっ、ちろっ、ぺろろろっ……」

根元から先端まで、彼女の舌が這い回ってくる。

「れろろっ……ちろっ、れろっ……」

かわいらしい見た目に反して、エロい舌使いをしてる姿はぐっとくるものだ。

「あむ、れろっ……ちろっ……ちろろっ……。いっぱい舐めて、おちんちんがいやらしく光ってます……♥　次は咥えて……あーむっ」

「おうっ……どんどん上手くなるね」

嬉しそうな彼女の口が、ぱくりと肉棒を咥えこんだ。

「あむっ、じゅるっ、れろっ……」

温かな口内で、肉棒が隙間なく刺激されていく。

「れろっ……お口の中で……ぺろっ、ちゅぷっ……おちんちんの先っぽを、舐め回して……れろれろれろれろっ……♥」

「あぁ……それもすごくいいな」

彼女は舌を回転させて、亀頭をくるくると刺激してくる。

温かな舌の気持ちよさに浸っていると、ジョゼが妖艶な表情でこちらを見上げていた。

「はむ、んぅっ……ちゅる、れろぉっ！」

「くぅっ……！　ジョゼ、すごく上手いよ！」

素直にそう言うと、股間に顔を埋めている美少女が嬉しそうに微笑む。

「えへへ、そうですか？　じゃあ、もっとたくさん舐めて、気持ちよくしますっ！」

すると、彼女は僕の腰に手を回してより一層深く肉棒を咥え込む。

「うっ、こいつは……食べられてるみたいだっ……！」

口の中で舌が動き、絶妙な感覚で唇が締めつける。

まだ少しあどけなさの残っている少女が、こんなにエロい奉仕をしているということに、背徳感で背筋がゾクゾクした。

「じゅぶっ……じゅぽっ、じゅぶぶっ……」

顔を往復させて、肉棒を愛撫してくるジョゼ。僕はされるがまま気持ちよくなっていく。

「じゅぶぶっ……じゅぽっ、ちゅぱっ……」

小さな口いっぱいにペニスを咥えこみ、奉仕している姿。

それはあまりにエロく、こちらを興奮させていく。

「んむっ……ちゅぷ、ちゅぱっ……♥」

彼女は一生懸命に顔を動かし、肉棒をしごいてくる。

「う、あぁ……」

あまりの気持ちよさに、半ば無意識に少し腰を引いてしまうと、彼女はこちらを妖しい目で見つめてきた。

「あむっ、じゅる……もう少し、じっくりねっとりとご奉仕するほうがいいですか？　それとも……れろっ、じゅぽっ……」

「う、ジョゼ……」

話しながら、彼女はフェラを続けていく。

声の振動と口の動きは、純粋な愛撫とは違った気持ちよさで僕を追い詰めてきた。

「お口で気持ちよくなってから……じゅぷっ、れろっ、じゅぽぉっ……他の場所でも気持ちよくなりたいですか？」

「う、あぁ……」

そう言いながら、ジョゼはアピールするようにもじもじと足を動かした。

フェラをしながら彼女も感じているのだろう。

すっかりと僕好みのエロい女の子になっている。

「じゅぷぷっ……ふふっ、フィル様♥　れろっ、ちゅぶっ……」

反応だけで感じ取ったのか……あるいは彼女自身が入れてほしいだけなのか、僕の答えを聞かずに、彼女はフェラを激しくしていった。

「じゅぶぶっ……じゅるっ、じゅぽっ……！　あふっ、大きなおちんちん♥　れろっ、じゅぶっ、じゅぶぶぶっ！」

「うぁ……ジョゼ、うっ……」

喉奥まで使うほど深く飲み込んでフェラをしてくるジョゼ。

その気持ちよさに腰を引こうとしたけれど、彼女の手ががっしりと僕の腰をつかんで逃がさない。

「じゅぶっ！　じゅぞぞっ！　れろっ、ちゅばっ、じゅるる！」

「あぁ……！」

激しいフェラチオでますます僕を追い詰めてくる。

ぐっと腰を引き寄せて、バキュームしていく。

「じゅぶぶっ……！　じゅぽっ、じゅぶじゅぶっ！」

下品な音を立てながら、肉棒を激しくしごいて吸い込むジョゼ。

「うっ……もう出そうだ……」

「びゅっ、じゅぽっ……！　いいですよ♪　じゅるっ、じゅぶっ……！　あたしのお口に、いっぱい出してくださいっ♥」

「あぁ……いいよ、すっごく気持ちいい」

「じゅぶぶっ！　じゅぷっ、じゅぽっ……！　じゅるじゅるっ……れろっ、じゅぽっ！　ちゅぷっ、ちゅぅっ！」

「あ、ぐっ……もう」

彼女はラストスパートで、追い込みをかけてくる。

その気持ちよさで、僕はもう登ってくる精液をおさえることができなかった。

「じゅぶっ！　じゅるっ、じゅぽぽっ♥　れろっ……じゅるっ、じゅぶっ、じゅぶぶっ！　ちゅっ♥　じゅぶぶぶぶっ！」

「出るよ、うぁっ！　はあぁぁぁ……」

びゅくびゅくっ！　びゅる、どびゅるるっ！

「じゅぶっ、んむっ！　ん、んんっ♥」

僕はそのまま、彼女の口内に射精する。

精液が放たれ、ジョゼはそのままそれを飲み込んでいった。

「んんっ、ちゅっ、んくっ……ごっくん♥」

「あぁ……」

「あふっ……フィル様の精液、すっごい濃いです♥　どろどろで熱くて……のどに絡みついちゃいますね♥」

そう言いながら、肉棒を離した。

きっちりと精液を吸い出された僕は、ジョゼを抱き寄せる。

「あんっ、フィル様……」

そして今度は、彼女の下半身へと手を伸ばしていった。

「あっ、そこは、ん……」

「ジョゼのここ、もう濡れてるね」

「はい……フィル様のおちんちんをしゃぶってたら、感じてしまって……」

そう言うジョゼのおまんこはもうしっとりと濡れ、愛液をこぼしていた。

「あんっ、ん、ふぅっ……♥」

指先でいじると、くちゅくちゅとはしたない音がする。

「フィル様のおちんちん、まだまだ元気みたいです」

そう言ってジョゼは肉棒を軽くしごいてきた。

まだガチガチのままの肉棒を、彼女の手が擦っていく。

「ああ、そうだね」

「あん、んぅっ♥」

彼女の膣内に軽く指を忍び込ませながら、僕は言った。

「それじゃ、つぎはおまんこでご奉仕してもらおうかな」

「はいっ♪」

待っていました、とばかりにうなずくジョゼ。

「それじゃ、四つん這いになって」

彼女は言われたとおりに四つん這いになり、そのお尻をこちらへと向けた。

もうすっかりと濡れたおまんこが、早く挿れてほしいとばかりにひくついている。

そんな姿を見せるけられて、待てるはずもない。

僕はむっちりとしたジョゼのお尻をつかむと、その膣口へといきなり肉棒をあてがった。

「あんっ♥　んっ……硬いおちんちんが、当たってます」

「ああ、入るよジョゼ」

そのまま小さく腰を動かして、亀頭で割れ目を擦り上げていく。

「あふっ、んぁ、フィル様、それ……うぅっ♥」

愛液を塗り広げるようにしていると、ジョゼ自身も腰を動かしてきた。

「あう、切ないです……♥　そんなに焦らされると、んぁ……。フィル様のおちんちん、あたしの中に、挿れてください――んはぁっ♥」

お願いに答える形で腰を突き入れると、ジョゼがかわいい声をもらした。

「あふっ、ん、あぁ……おちんちん、入ってきたぁ……♥」

十分に濡れているおまんこは、肉棒をスムーズに受け入れる。

「あぁ、フィル様、ん、あぁ……」

準備万端の蜜壺を、そのまま抽送でかき回していく。

「んぁ、あっ、ああっ……」

前後に動くと、膣襞が絡みついてきた。

「んぁ、あ、あんっ……おちんちんが、あたしの中を、んぁっ♥　こすってきて、んぅっ、ああっんくぅっ！」

「うっ……」

きゅっと絡みついた襞に、思わず声を漏らしてしまう。

愛液が滾々と溢れてくる蜜壺を、肉竿で突いていった。

「んぁ、あんっ……フィル様、んぅっ！」

ジョゼは色っぽい声をもらし、そのたびに膣内がきゅっと締まる。

その愛らしいおまんこを、僕は思うままに突いていった。

「あぁっ♥　フィル様、んぁ、あたし、もうっ！　あっあっ♥　ん、くうぅっ！　そんなにいっぱい突かれては、あぁっ……！」

ジョゼは嬌声をあげながら、身体を震わせる。

蠢動する膣襞が肉棒を包み込んできて、僕も気持ちよくなっていった。

「ああっ♥　だめ、んぁ、もっ、あぁっ！」

「好きなようにイっていいさ、何度だってね」

そう言いながら、僕はピストンのスピードを上げていく。

「んあぁぁっ♥　あ、そんなに、おちんぽで奥まで突かれちゃったたらぁっ♥　あっあっ♥　イクッ、イっちゃいますっ！」

言葉通り彼女の膣内は蠕動し、快楽をむさぼっていた。

たっぷりと溢れてくる愛液とその吸いつきに、本気で感じているのが伝わってくる。

僕はそんなおまんこを、さらに荒々しく突いていった。

「んはああっ！　あっ、だめ、もうっ……♥　あっ、イクッ、あたし、んぁっ♥　イクイクッ、イックウゥゥウゥッ！」

ジョゼが大きな嬌声をあげながら絶頂する。

おまんこがぎゅっと締まり、肉棒を最後までむさぼっていた。

その気持ちよさを堪能しながら、僕もフィニッシュに向けてさらにピストンを行う。

「んはあっ♥　あ、だめぇっ！　イってる、イってますっ♥　あっあっ♥　んぁ、あっ、あぁっ、んくぅっ！」

絶頂締めつけのおまんこを、容赦なく肉棒で犯していく。

「あぁっ♥　イってるおまんこ、そんなにおちんぽでかきまわされたらぁっ♥　あっ、また、またイっちゃう♥」

「う、こっちもそんなに締めつけられると」

ジョゼは快楽に身もだえながらも、そのおまんこで肉棒をしっかりとしごいてくれてくる。

健気なおまんこご奉仕に、僕ももうイキそうだった。

「んぁっ♥　あっ、イクッ……♥　イったばかりのおまんこなのにっ、あん♥　フィル様、いっぱい、いっぱい突くから……んぁ、ああっ。んくぅっ！」

「ぐっ、あぁ……あああ」

僕は射精へと向けて歯を食いしばり、腰の動きを速くした。

肉棒を思いきり突き込み、パチンとお尻をぶつけて、いちばん奥まで届かせていく。

「んはぁっ♥　あっあっ♥　フィル様っ、んぁ、ああっ！　もう、イクッ！　また、イクッ、あっ、んくううぅぅっ♥」

びゅるるっ、びゅくっ、びゅくくくくっ！

「んはぁっ♥　あ、あぁぁっ！」

彼女の再びの絶頂に合わせ、僕も今度は我慢せずに射精した。

「あふっ、んぁ、フィル様の精液、熱いのが、あたしの奥に、びゅくびゅく出てあたってるぅっ♥　んぁ、ああっ……♥」

勢いよく飛び出していく精液をその膣奥でしっかりと受け止め、ジョゼがあられもない声を漏らしていった。

「んはっ♥　あ、あぁ……♥」

僕はお尻をつかんだまま、その奥で精液を全て出し切ってから肉棒を抜いていく。

「あぅっ……ん……」

連続絶頂直後のジョゼは、そのままベッドへと倒れ込んだ。

先ほどまでペニスがはまっていたおまんこはまだ閉じておらず、そこから精液を溢れさせている。

クパクパと開閉し、震えるようなその光景はとてもエロい。

「フィル様、んぅっ……♥」

僕もすっかり体力を使いきり、そのまま彼女の横へと倒れ込んだ。

「ん、ちゅっ♥」

そんな僕に、ジョゼが優しくキスをしてくる。

僕は彼女を抱き寄せて、愛しさを確かめ合うのだった。

●

村のこともだいぶ落ちついて、またのんびりと暮らすことができてきた。

収穫も順調で、この調子だと来年からはさらに安定した量を、この村の畑で生産していくことができそうだ。

砂鉄はいつ尽きるかわからない資源だし、畑のほうで食料を安定させておくのは、やはり最も重要だと思う。

まあどちらにしても、今の状態なら、しばらくは安心かな。

そうして僕の領主としての仕事がうまくいくほどに、彼女たちとの夜の生活は、より積極的になっているのだった。

正直、爛(ただ)れた生活なのではとも思うけど、幸せだから仕方ない。

メイガンやリーナの熱心さもあって、仕事はけっこう頑張っているから、夜のご褒美はけっこう楽しみなのだ。

それに、三人はとても仲が良い。僕は彼女たちが嬉しそうに迫って来てくれるのを、断ることはどうしてもできなかった。それはやはり、三人ともが僕を大切に想ってくれていると信じられるからだ。だから僕も、この村での生活を支えてくれる全員に、できる限り応えたかった。

「ね、フィル、早く」

「ああ、いま行くよ」

そして今も、ベッドではリーナ、メイガン、ジョゼの三人が僕を待ってくれていた。

服をはだけさせた彼女たちの誘いに乗って、僕はベッドへと飛び込んでいく。

最近ではこうして、みんなでするのも当たり前になっていた。

「フィル様、まずはお脱がせしますね」

そう言って、ジョゼが僕の服に手をかけてくる。

「それじゃ、わたしはこっちを」

次いでリーナも服に手をかけ、すぐに僕は脱がされてしまう。

「フィル殿のここ、まだ準備できてないみたいですね」

メイガンはそう言うと、小さなままのペニスをつまみ、優しく刺激し始めた。

「それじゃあ、お口で……あーむっ」

彼女はぱくりとペニスを咥えこんだ。温かな口内に包まれ、舌が軽くくすぐるようにしてくる。

「れろっ……ちろ、んむっ」

「うぁ……くっ、メイガンのご奉仕は、すごく刺激的だね」

巧みな口内で転がされていると、すぐに血が集まってくるのを感じた。騎士だからと言うわけでもないだろうけど、彼女のフェラはとても情熱的なのだ。

「んむっ……フィル殿のおちんぽ……私のお口の中で、ぐんぐん大きくなってきてる……♥　れろっ、ちゅぷっ……」

「メイガン、あぁ……」

彼女のの口内で肉棒は勃起し、それが口から溢れてくる。

「んうっ……」

メイガンはそそり立ったそれを口から出すと、裏筋のあたりを指先でなぞってきた。

「たくましいおちんちん……♥　今日もいっぱい、気持ちよくして差し上げますね♪」

すっかりとエッチな女性になったメイガンが、妖艶な笑みを浮かべる。

物覚えがいいため、どんどん淫らな技も身につけているメイガンだ。

最近では僕は、すっかり押されてしまっている。

「それじゃあたしも……れろっ」

「おぉ……こっちもいいね」

メイガンに続き、ジョゼも肉棒へと舌を伸ばしてくる。

ふたりが同時に僕の股間へと顔を寄せて、肉棒を舐め合っていた。

「れろっ……ちろっ……」

「ぺろっ……ちゅっ……」

彼女たちは、両側から肉棒を舐めてくる。

「んむっ、ちろっ……」

「れろっ……ちゅぷっ……」

美女が顔を寄せ合い、チンポにご奉仕している姿は、とてもエロかった。

「それじゃ、わたしはこっちを舐めてあげるわね……れろぉっ♥」

「うわっ……」

そう言って、リーナは肉棒の下、陰嚢へと舌を這わせてきた。

「こうして、しわのところに舌を忍ばせて、ぺろっ……」

「う……」

肉棒を舐められるのとは違う、くすぐったいような刺激に声を漏らしてしまう。

「れろっ、ちろろっ……おちんちん、ぴくんって跳ねましたね」

「れろっ、あふっ……フィル様のおちんぽから、えっちな我慢汁、出てきちゃってますよ？　れろおっ♥」

「あぁっ……！」

その最中も、メイガンとジョゼは肉棒を舐め回し、僕を高めてくる。

ジョゼが大きく舌を伸ばして、我慢汁を舐めとってきた。

彼女の舌が亀頭を刺激して、さらに我慢汁を溢れさせてくる。

「れろれろっ……ちろっ……ぺろぉ」

「あむっ、ちゅぅっ♥」

「う、あぁ……」

先端を咥えられ、軽く吸われる。

その気持ちよさに浸っていると、リーナも負けじとタマを愛撫してきた。

「あむっ、れろろっ……。精液のいっぱいつまったタマタマ、もっと刺激してあげるね」

「リーナ、それっ……」

彼女は睾丸の片方を咥えると、口内で転がすようにして刺激してきた。

肉棒のほうの気持ちよさもあり、精子が増産されていくような感じがする。

「あむっ、れろろっ……ちろっ……」

「ちゅぷっ♥ ん、ちゅぅっ」

「れろれろっ……あむっ、ちゅぷっ……」

三人にタマから先端までを愛撫されて、どんどんと気持ちよくなっていく。

「れろっ、ころころっ……ちゅぷっ……」

リーナは陰嚢にしゃぶりつき、睾丸を丹念に刺激している。

肉棒ほど直接的ではないものの、その気持ちよさでじわじわと高められていく。

「あむっ……じゅぶっ、じゅるっ、ちゅぱっ」

メイガンは顔を傾けて、幹の部分をしごくように刺激してくる。

彼女の唇が肉棒を挟みこみ、上下へと動いていた。

メイガンのハーモニカフェラは、肉棒へ射精を促す動きだ。

「ちゅぷっ……れろっ、ちゅぅぅっ♥」

「あぁ……！」

そしてジョゼは先端を咥えこみ、舐め回しながら吸い込んでくる。

カリ裏を唇ではむはむと刺激しながら、舌が裏筋や亀頭を這い回り、さらにバキュームまで織り交ぜてくる。

敏感な部分をそれぞれに集中的に責められて、欲望が溢れそうになっていくのを感じた。

三人の美女によるエロいご奉仕。

僕はなすすべもなく、追い込まれていくだけだ。

「ちゅぶっ……れろっ」

「ちゅぱっ……ちゅ、ちゅぷっ……」

「れろれろっ……ちゅ、ちゅうぅっ♥」

彼女たちがくまなく性器を愛撫してきて、その気持ちよさに対抗できるはずがなかった。

「三人とも、僕、もうそろそろ……」

「いいですよ、イってください」

「あむっ、れろろっ……タマタマを舌でいじって、精液、押し上げてあげるわね♪」

「あむ、ちゅっ、ちゅうぅっ……このまま、あたしのお口に、いっぱい出してください♥　ちゅぶっ、ちゅぶぶっ！」

「う、あああぁ……」

三人はそれぞれ動きを変え、僕を射精へと導いてきた。その気持ちよさに任せるまま、僕は射精する。

「ぐっ、出るっ……」

「んむっ、ちゅぶっ、れろっ、じゅるるるるっ♥」

ジョゼにバキュームされて、僕は射精した。

「んうぅっ……ん、んんっ♥」

肉棒が脈打ちながら、彼女の口内にびゅくびゅくと精液を放っていく。

「んむ、ん、んくっ……ごっくん♪」

ジョゼはそのまま、精液をすっかりと飲み干してしまった。

「あふっ……フィル様の精液、ドロドロですごいです♥」

そう言って口を離した彼女が、エロい笑みを浮かべる。

射精直後だが、まだまだ僕の欲望は収まらない。

「今度は僕の番だね」

「ひゃうっ」

そう言って、ジョゼをベッドへと押し倒した。

「奉仕しながらこんなに濡らして……」

「あぅ、んっ……♥」

ジョゼのおまんこは、もうすっかりと濡れて、準備万端だった。

僕は猛ったままの肉棒を、その入り口へと押し当てる。

「んぁ、ああっ♥」

肉棒が膣襞をかき分けて、スムーズに侵入していく。

「あふっ、フィル様、んぁっ♥」

熱くうねるおまんこに入ると、ジョゼが気持ちよさそうに声を漏らした。

もう十分に迎え入れ態勢のできているそこを、ゆっくりと往復していく。

そんな僕の左右に、リーナとメイガンがやってきた。

そして僕に、その魅力的な身体を押しつけてくる。

柔らかな身体を押し当てられながらも、正常位でジョゼを突いていった。

すでに潤っていた彼女は、すぐにその表情を蕩けさせていく。

「はぁっ、あひぃっ！　ううぅっ、フィル様ぁっ！」

「すっかりトロトロになっちゃったねジョゼ。すごくかわいいよ」

さっきまで丹念に奉仕してくれたお返しに、膣内を隅々まで突き解していった。

今は快感に全身を侵されて、気持ちよさそうな顔を晒している。

「ジョゼをこんなにしちゃって、今日のフィルは容赦ないわね」

右からから声をかけられ、そっちを向くとキスされてしまった。リーナだ。

「んむっ……そういうリーナも興奮してるじゃないか」

「だって、さっきからフィルが弄るのを止めないんだもの。んっ、はふっ！」

右手を彼女の股間に潜り込ませ、指で膣内をかき回してやる。

そして、左手は……。

「はぁはぁっ……あんっ！　フィル殿、もう限界ですっ！」

リーナ以上に興奮した様子で、メイガンが抱き着いてくる。

たわわに実った爆乳が僕の腕を挟み込んで、とても気持ちいい。

「あぁっ……♥　ん、ふぅっ……」

三人の美女を味わいながら、僕は腰を動かしていく。

「あぁっ、ん、フィル様、んぅっ……」

ピストンの度に、ジョゼが艶めかしい声をあげていた。

「フィル、ん、ちゅっ……♥　れろっ……」

右側からリーナが僕の頬にキスをして、そのまま舌を這わせてくる。

「んむっ、私も、ちゅっ♥」

それを見たメイガンも、左側から唇を寄せてきた。

僕はそんなふたりに愛撫を行いつつ、腰を動かし続ける。

「んぁ、あ、ああっ……♥」

ジョゼの膣襞が絡みつきながら、肉棒を刺激してくる。

左右からは柔らかなおっぱいを押しつけられて、すっかり夢心地だった。

「んぅっ、ふぅっ、あぁ……♥」

「フィル、ん、あぅっ……」

「んくっ、あ、あぅっ……」

三人のエロい声を聞きながら、どんどん高められていく。

こうしてみんなでするというのは、豪華感がすごいものだ。

「んぁっ、あっ、フィル様、あたし、んぁ、もうっ、んくぅ♥」

ジョゼが乱れながら、限界が近いのを伝えてくる。

その言葉通り、彼女のおまんこもいっそう締めつけて快楽をむさぼっているのだった。

「それじゃ、もっと勢いよくっ……！」

僕は腰のペースを上げて、そのおまんこを貫いていった。

「んはぁぁぁっ♥　あっ、あぁっ！　フィル様、んぁ、フィル様のおちんぽに突かれて、んぁ、あっ！」

ジョゼが嬌声を上げながら、上り詰めている。

「あぁ、ジョゼってばすっごいえっちな姿になっちゃってる♪」

「それに、ん、おまんこにおちんぽがズブズブッて出入りして……♥」

「ひうっ、ん、ああ、ああっ♥」

左右のふたりも、ジョゼとの行為に目を向けて興奮しているようだった。

こうして見る機会も、複数でしているときしかないだろうしな。

「んはぁっ、あ、ダメっ……もう、んぁ、イクッ！　イクゥッ！」

ジョゼが身体を弾ませながら、上り詰めていく。僕はその膣内をかき回し、犯していった。

「んはぁっ！　あっあっ♥　ん、くぅっ、あぁっ……！」

膣襞をかき分け、彼女の奥を突いていく。

「んはぁっ♥　あ、だめっ……イクッ、イっちゃいますっ♥　んぁ、あ、あっあっ♥　んくううぅぅうぅっ！」

びくんっと身体をのけぞらせながら、ジョゼが絶頂した。

膣内がぎゅっと収縮して、肉棒を締め上げてくる。

その気持ちよさを感じながら、さらにおまんこをかき回していった。

「んはぁあっ♥　あ、あぁっ……らめれすっ……！　イってるおまんこ、そんなに突かれたらぁ♥　あっ、んくうっ！」

絶頂中にピストンされて、ジョゼはさらに乱れていく。

肉棒が往復する度に、小さくイっているかのように身体を跳ねさせる。

「あふぅっ……♥　これはすごいな……いっぱい突かれて、気持ちよさそうに蕩けてるみたいですね……」

メイガンがジョゼの様子を見ながら、うらやむように言った。

「本当、フィルってば容赦ないわね♥」

リーナも楽しそうに続ける。

「あふ、んぁ、♥　あぁ……らめ、んぁ……♥」

すっかりと快楽で蕩けきってしまったジョゼのおまんこから、肉棒を抜いていく。

「あぅ、フィル様……♥」

連続イキで体力を使い果たしたジョゼは、そのままぐったりとベッドに寝そべっていた。

「さて、それじゃ、次はうらやましそうにしてたメイガン、四つん這いになってよ」

「は、はいっ♥」

僕が言うと、メイガンは素早く四つん這いになり、もうとろとろに濡れたおまんこをアピールするように、僕に向けてお尻を振ってくるのだった。

すっかりドスケベなその姿に、僕の欲望も滾るばかりだ。

さっそく、その引き締まったお尻をつかみ、一気に肉棒を挿入させる。

いきなりおまんこをズブリと貫かれて、メイガンが身体をのけぞらせる。

「ひゃぁんっ♥」

「うっ……」

それと同時におまんこがぎゅむっと締めつけてきて、僕も声を漏らしてしまった。

もう十分に潤っていることもあり、最初からハイペースで腰を動かしていく。

「んくぅっ♥　フィル殿、んぁっ！」

パンパンパンパンッと腰を打ちつけて、ピストンを行っていった。

膣襞が肉棒をしごき上げ、射精を促してくる。

僕は負けじと腰を動かして、その蜜壺をかき回していった。

「ひぅっ♥　あ、あぁ……こんなに激しくされたら、んぁっ♥　すぐにでもイってしまいますっ……♥　んぁ、あああっ！」

「ぐ、あぁ……メイガン、すごい締めつけだな」

そう言いながら抽送を行い、どんどんと高め合っていく。

すでに興奮しきっていることもあり、限界は近い。

「んはぁッ♥　あっ、あああ……！　おまんこ、おちんぽでパンパン突かれて♥　んぁ、ああっ、んくぅっ！」

メイガンが髪を振り乱しながら感じている。

その乱れっぷりに合わせて、おまんこも貪欲に肉棒をむさぼってくるのだった。

「あぁっ♥　イクッ、もうイクッ！　んあぁ、フィル殿、あっ、奥っ、すごいのぉっ♥　んぁ、あっ、ああっ！」

「ぐっ、あぁ……」

そんなメイガンの膣口のきつい締めつけに、僕も追い詰められてしまう。

荒ぶる欲望をそのまま、彼女のおまんこへとぶつけていく。

「んはぁーっ♥　あ、そんなに突かれたらぁ♥　あふっ、んぁ、気持ちよすぎて、あっ、んあぁあっ！」

圧の高まる彼女の膣内を何度も往復していく。

「あぁっ……♥　イクッ、もう、んぁ、らめぇっ……！　あふっ、すごいのぉっ♥　イクッ、イクイクッ、イックウウゥゥウッ！」

びゅるるっ、びゅくっ、びゅるるるるるっ！

メイガンが絶頂し、おまんこが収縮したのに合わせて、突きながら何度も射精した。

「んはぁあっ♥　あっ、熱いの、びゅくびゅく出てますっ……♥　フィル殿のせーえきが、おまんこに、いっぱい、んぁ♥」

「う、あぁ……」

絶頂おまんこの締めつけに搾り取られながら、僕は精液を放って汚していった。

「ん、あぁ……♥」

イったタイミングで中出し射精を受けたメイガンは震え、蕩けた表情のまま脱力していく。

「ね、フィル……」

「ああ、もちろん」

僕は次に、リーナを抱き寄せる。

こんなにも連続で美女とセックスできるなんて、ほんとうに最高だ。休む暇なんてない。

ふたりと交わるところをじっと見せつけられていたリーナは、もうぐっしょりとおまんこを濡らして、潤んだ瞳で僕を見ていた。

「えいっ♪」

彼女は僕をベッドへと押し倒すと、またがってくる。

エロい表情で襲ってくるリーナの姿に、出したばかりの肉棒がピクリと反応した。

まだまだ夜は長い。僕らは体力が尽きるまで、幾度となく交わっていくのだった。

●

そんなふうに彼女たちと平和でエロい生活を送っていたのだけれど……。

「リーナさん、遅いですね」

「ああ、そうだね……」

ある日、買い物へ出ていたリーナが予定の時間になっても戻ってこなかったのだ。

別に最近は天候が崩れていた訳でもないから、道が塞がっていたとかもないだろうし……。

リーナは仕事には真面目で、途中で息抜きがてらサボるというタイプではない。

そんな彼女が時間を過ぎても戻ってこないのは、普段はないことだった。

「村のほうまで探しに行ってみましょうか」

「ああ、そうだね。僕も行くよ」

リーナになにかあったのかもしれないということで、僕らは彼女が買い出しに出ていた村のほうへと向かった。

村の様子は普段と変わりなく、ここ最近の発展によって人通りがだいぶ増えてはいるものの、これといった騒ぎなどは起こっていないようだった。

僕らはそんな村を通って、なじみの店へと向かった。

「リーナさんですか？　いつも通りに買い物をしてから、すぐに帰っていかれましたが……」

普段から利用している店の店主は首をかしげていた。

「なにかあったんですか？」

そう言って心配そうに尋ねてくる。

「いえ、まだ帰ってきてないので、どこへ行ったのかなと思って」

迷子になるような場所じゃないし。

「この時点では、まだ何もなかったのか……」

ひとまず店主に別れを告げて、村の中を歩いていく。

活気に溢れた村の中には、ずいぶんと知らない人が増えていた。

それだけ、多くの人がこちら側へと流れて来ているのだ。

鉄は現在、需要の高い金属だ。

この世界での製鉄技術も上がってきたことで、様々な用途に使えるようになり、広く普及してきている。そのため、莫大な富や関心を引き寄せているのだ。

特に、この地域ではこれまで手つかずだった鉄が発見され、その埋蔵量も多そうだということで一気に注目を浴びている。

「他に何もなかった、というのも大きいですね」

ジョゼは少し困ったように言った。

「このあたりは、周辺の領地をも含めて、これまでは大きく目を引く資源があったわけではないですから」

元々ちゃんと領主がいる他の領地にしても、ここほどには困窮していなかったというだけで、中央から注目されるような物はなにもない地域だったみたいだ。

そんな中、ずっとうち捨てられていたここから鉄が産出され、それが中央にも注目されるようになった。

勝手な話だが、向こうからすれば新たに「発見」されたようなものだ。

これまでは半ばないものとして扱われていた北部に思わぬメリットがあった、ということは結構話題になっているらしい。

まあ領主が僕であるということで、中央の貴族たちが直接連絡を取ってくることはないけれども。なにせ、シュイナール家を放逐された存在だしなぁ。声はかけづらいだろうなぁ。

鉄のメリットはわかりつつも、交流を持つことでシュイナール家に目をつけられるかもと思うと、なかなか踏み出せないものだろう。

貴族同士としてのやりとりがなくても、今や鉄は問題なく流通させられるし、全然かまわないんだけどね。

それはともかく、賑わう村でリーナを探していく。

元からここにいた人たちはリーナのことを知っているので、出会う顔見知りごとに話を聞いていった。僕を見つけると向こうから声をかけてくれる村人もいる反面、あちこちから来てくれた人の中では、僕が領主だということを知らない人がほとんどだ。

畑を改良した直後などは村人みんなが僕を知っていたものだけれど、今では知らない人のほうが多いくらいで、その発展をうかがわせる。

そんな中、リーナを見かけたという証言はいくつかあったのだけれど、特に何事もなかったみたいだ。普通に通り過ぎていったらしい。

それを追いかけていくと、どうやら村を出て少し行ったあたりで足取りがわからなくなっているようだ。

このあたりにはまだまだ、人通りはそれなりにある。

普通にしていて危険なことなどないはずだし、もちろん迷うような要素もない。

「見慣れない馬車が通るのは見ましたが……」

最後に声をかけた村人が、そう口にする。

「見慣れない馬車……か」

「けれど、最近は新しく来る人も多いですし」

「たしかにな……」

なじみの業者であれば使っている馬車も見覚えがあるが、この村は今もどんどん流通が活発になっているところだ。

知らない馬車が来るのも、日常茶飯事と言える。

「あ、でも、やけに豪華な馬車が通っていくのも見ましたね。アレはちょっとした商人とは違う規模の者だと思いますよ」

「そんなに豪華な？」

僕はその馬車について、詳しく話を聞いていく。

あしらわれていた模様や、そのたたずまい。

そういったところを考えていくと、どうやら隣の領主であるゴルディ伯爵のものかもしれないということになった。メイガンも同じ意見のようだ。

「当然だけど、今日は伯爵との会見予定はないよね」

「はい。ゴルディ伯爵からは、先日の手紙以来、特に交流はないですね」

「ああ、あれか……」

ゴルディ伯爵もうちの鉄には注目しているらしい。

まあ当然といえば当然だが……。

それで、彼は領主になりたての僕より慣れている自分が、この領で採れる鉄について取り仕切ってやろうと申し出てきたのだった。

親切ぶってはいるが、ようは鉄で得る利益に噛ませろという話であり、特にこちらにメリットもないので断った。

そのゴルディ伯爵の関係者が、連絡もなくこの領地を訪れていたというのか……。

「まあ、リーナと関係があるかどうかは、まだ断言できないけど……」

単純に、僕にさらなる手紙で要求をしにきただけかもしれないし、あるいは出入りする業者や鉄の採掘を行っている人々に、なにかをそそのかしにきたのかもしれない。

それはそれで問題だけれど、リーナと別件だとするならば、今はとりあえず後回しにすべきだ。

「ゴルディ伯爵がリーナを狙ったのかどうか……」

そちらの確認もしつつ、調査を進めていかないといけない。

そう考えていると、屋敷のほうから早馬がこちらへと駆けてきた。

「フィル様！」

彼は素早く馬を降りて、僕に手紙を差し出す。

「こんなものが屋敷に！」

そう言って差し出されたのは、思ったとおりのゴルディ伯爵からの手紙だった。

「……犯人が見つかったみたいだな」

そこにはストレートな脅しが書いてあった。

リーナを誘拐したことと、彼女を返してほしければ鉄関連の利益と手柄をよこせというものだ。

ここまであけすけなやり方となると、さすがに呆れてしまう。仮にも貴族とは到底思えない。

「ふざけたことを……」

僕は手紙を持ってきてくれた従者に振り返り、言葉をかける。

「ありがとう、助かった。悪いけど、馬を借りるよ」

「はい、それはいいのですが、フィル様……？」

「フィル殿！」

納得した従者が僕に馬を渡した直後、メイガンが声を荒げた。

僕は馬に乗ると、素早くゴルディ伯爵の領地へ向けて駆け出す。

それを見たメイガンが追ってきたが、さすがに馬の速度には追いつけない。

メイガンたちがいてくれたほうがいいのはもちろんだけれど、今は一刻も早くリーナを救出に行きたかった。証言からすれば、伯爵家の馬車はもう、だいぶ先行している。

おそらくは、領内まで逃げ切られてしまうだろう。

それならふたり乗りより、ひとりのほうが当然、馬は速く走れるしね。

伯爵の屋敷まで追ったとして、リーナがどの部屋にいるかさえ先に探れれば、屋敷まるごとを相手取るのだって、今の僕ならおそらく可能だ。

この領地での経験は、そのくらい魔法使いとしての僕を成長させていた。

乾きにくいこの土地の泥だけでなく、鉄産業で人の出入りが多くなってからは、研究用に様々な土地の泥を集めて触れていったのだ。その度に、僕の魔法は大きく成長している。

すぐに乾燥してボロボロになる泥しか出せなかった、あの頃とは違う。

僕は気持ちを抑えつつも馬を走らせて、リーナの元へと急ぐのだった。

●

「ゴルディ伯爵のところか……ジョゼ、一度屋敷に戻って、長距離走行に強い馬で後を追いましょう」

「はいっ、わかりました！」

残されたメイガンは素早く切り替え、ジョゼに声をかけた。

フィルの判断としては、あのまま走るのが最速だったのは間違いないが、メイガンは騎士として馬の扱いを心得ているし、田舎育ちのジョゼも馬には慣れている。

その乗馬技術と、長距離走行に強い馬の組み合わせなら、ギリギリでフィルに追いつけるかもしれない。彼が乗っていった早馬はその性質上、短距離に強いタイプだし、フィル自身も乗馬は軽くたしなんでいる程度だと聞いている。

そしてなにより、ゴルディ伯爵の領地まではそれなりの距離がある。

メイガンたちは馬のところへ急ぎながら、フィルのことを考えた。

最初は、あまりやる気もない様子に見えたフィル。

実家から島流しに近い形で送られると思えば、その気持ちもわからなくはなかったが、それでもだらけて見えたフィルをよく思わない部分があったのも事実だ。

しかし、やるときはやるし、意外と熱くなる部分もある彼を見ていると、その評価も変わっていった。

確かに、今でも怠惰なように見える部分もあるが……いつでも全力でいては、疲れが出てしまうのも事実だ。

かつてのメイガンはそっちのタイプで、気を張りすぎるが故に、力を発揮できないときもあった。

けれどそれも、フィルと接する内に少しずつ改善されてきたと思う。

今では仕えるべき主として、これまでの誰よりも認めている。

今回の独断先行も、護衛騎士としては非常に困ったことではあるが、メイガン個人としては好ましく思っていた。仲間の為に熱くなれるのは、良いことだ。

そのまま受け入れることはできないが、ひとりで何とかできるという算段も、フィルにはきっとあるのだろう。彼は決して、考えの浅い男ではない。

ただの無謀は褒められたものではないが、勝算のある行動ならあとは個々の価値観だ。

メイガンはそんなフィルをフォローするため、屋敷へと急いだのだった。

僕は馬を走らせて、ゴルディ伯爵の屋敷へとたどり着いた。

少し離れたところから、その屋敷を眺める。

この周囲では力を持っているゴルディ伯爵。

武闘派でもある彼の屋敷は、比較的潤っていることもあって大きく、これ見よがしな護衛もいる。

これは威圧の意味もあるのだろう。

武闘派魔法使いとして周囲の貴族からは一目置かれている伯爵だが、為政者としてはあまりいい評判を聞かない。

その力に任せた、かなり強引なやり方をしているようだ。

もちろん、誰も不満を直接には口に出せない。

そのため、やりたい放題みたいだ。

実は周辺の貴族にも、彼をよく思っていない者はいるようだった。

しかしこちらもやはり、力のあるゴルディ伯爵には逆らえない、ということだった。

「さてと……」

僕としては、わざわざそんなゴルディ伯爵と争うのは面倒なので避けたかったのだが……。

リーナに手を出したとあっては、許しておく訳にはいかない。

今後の面倒を避けるためにも、はっきりとわからせる必要があるだろう。

そう考えていると、背後から馬が近づいてくる音がした。

「フィル殿」

「フィル様」

そこにいたのは、メイガンとジョゼだった。

「ふたりとも……」

彼女たちは馬から下りてくる。

ほとんど時間が変わらなかったのは、きっと乗馬技術の差だろう。

ひとりで乗り込むつもりだったけれど、僕が先行したのは結果的には、一番効率のいい移動方法だったらしい。

メイガンは元々お姫様の護衛を務めるほどの騎士だし、とても心強い。

それにジョゼもメイガンと接することで実力を伸ばしていて、今では一人前の魔法使いとして十分なくらい魔法が扱えるようになっていた。

「私がおとりになってひきつけますので、その隙に素早く救出しますか？」

メイガンがそう提案してくる。

この場でリーナを助け出すだけなら、最も僕の負担が少ない方法だろう。

けれどおとりになるメイガンは、後れをとることがなくても大変だし、ゴルディ伯爵みたいなタイプはその方法だと負けを認めたがらないだろう。救出だけではダメだ。

またちょっかいをかけられても面倒だからね。

「いや、ここは正面からいこう。ゴルディ伯爵に、力の差を突きつけてやるんだ」

僕が言うと、メイガンはうなずいた。

「わかりました」

彼女はすぐにそう答えてくれる。

前のメイガンなら、こういう方法には賛同してくれなかっただろう。

目的があるとはいえ、僕自身のリスクが上がるからだ。

けれど今はこうして、認めてくれる。それは僕のことを、信頼してくれているからだ。

そう思うと、嬉しくなる。

「あたしも、頑張りますっ」

ジョゼもそう言ってくれる。

「ああ、いこう」

僕たちは正面からゴルディ伯爵の屋敷に乗り込んでいくのだった。


「お前たち、何者だ！　ここはゴルディ伯爵の屋敷だぞ」

正面玄関を目指して乗り込むと、すぐに門番に声をかけられる。

彼らはすごむようにしてきた。

「そのゴルディ伯爵に用があって来たんだけどね」

「ふざけるな」

そう言って、門番たちは戦闘態勢に入る。

「はっ！」

そこへすかさず、メイガンが飛び込んだ。

剣を構える門番たちだが、彼らが動くよりも早く、メイガンが剣を振るう。

「うっ！」

「こいつ、うわっ」

メイガンは懐に飛び込むと、素早く彼らを打ち倒してしまう。

鮮やかな手並みに思わず見とれてしまう。

「さ、行きましょう」

「ああ」

彼女はこともなげに言って、そのまま敷地内に入っていく。

僕らもそれに続いた。

ゴルディ伯爵の屋敷は、入ってきた者を畏怖させるように、力を誇示する内装をしていた。

こちらを威圧するように配置された絵画や彫刻類。

趣味のよしあしはさておき、ゴルディ伯爵が金と力を持っていることだけは伝わってくる。

正面から入った僕たちの侵入はばれており、すぐに衛兵たちが集まってきた。

「いくぞ、ふたりとも」

「はいっ」

僕は泥魔法で何体ものゴーレムを作り出していく。

室内ということもあり、サイズはやや小さくしつつも、人間よりは大きくして威圧感を与えていった。

ジョゼは主に防御に炎の魔法を使い、相手を近寄らせないようにしていく。

炎は本能的に人間を躊躇させるので、相手もなかなか飛び込んでは来られない。

そうしている内に、一流の騎士であるメイガンはどんどんと敵を倒してしまう。

この周囲では力を持っているゴルディ伯爵だ。

その彼が集めた衛兵たちは決して弱くはない。だが、王宮騎士の力はそれを遥かに凌駕する。

「はっ、やっ！」

「くそ、こいつ、ぐっ……！」

「速いっ……！」

メイガンは容赦なく彼らを打ち倒していった。

また、僕のゴーレムに向き合う衛兵たちも、同じように倒されていく。

メイガンほどの速度や火力はないものの、体格が大きく、普通の人間よりは力もある。

さらには……。

「くっ、なんだこいつ、やたら硬いぞ……」

「こっちはドロドロで、武器が絡め取られる……！」

マッドゴーレムに使われている泥は様々なものを組み合わせており、個体によって性質が違うようにしていた。

そのため、一体倒した後に他の個体を相手にしようとすると、予想外の手応えが返ってきて混乱する。もちろん、その隙にもゴーレムは襲いかかってくるのだ。

様々な泥に触れ、その性質を覚えたからこそ使えるようになった戦法だ。

次々に駆けつける衛兵たちも次第に倒され、数を減らしてく。

僕らはそのまま屋敷の奥へと進んでいった。

ホールを抜けて、最奥へと向かっていく。

いちばん奥の部屋には、ゴルディ伯爵が何人かの護衛とともにいた。

「直接乗り込んでくるとは……随分と血気盛んみたいだな」

彼は、僕たちを見てもまだ余裕を崩さなかった。

メイガンには少し警戒しているようだが、自身も力のある魔法使いということで、なんとかなると思っているのだろう。

「しかしシュイナール家の落ちこぼれをここまで連れてくるとは……。姫様の護衛を務めていたその腕は確かみたいだな」

ゴルディ伯爵はメイガンに目を向けながら言った。

まあ、たしかにメイガンが僕についているのは、実力的に考えればおかしなことだしな。

お姫様のわがままで、僕に合わせてこれ幸いと飛ばされたわけだし。

「どうだね。私のところへ来れば、よりいい待遇を用意できるが？」

そう提案する伯爵を、メイガンは即答で突っぱねた。

「昔と違って、仕える主人は選ぶことにしたんだ」

メイガンはそう言うと、剣を構える。

「ふん……腕はたっても、やはり賢くはないようだな。辺境に飛ばされてきたのもそれが原因だということだしな」

ゴルディ伯爵はつまらなそうに言うと、僕のほうへ目を向けた。

「ここまで来たのはご苦労だった。こちらの話は簡単だ。製鉄の技術、利益、手柄を渡してもらえれば、きみのところのメイドを解放しよう」

この期に及んで、ゴルディ伯爵はまだ余裕を崩さない。

優位であることを疑っていないのだろう。

当然、こちらがそんな話を受けるはずがない。

むしろ、今後こういったことをしないように、はっきりとわからせてやるつもりだ。

その意思を込めて、伯爵を見返す。

「ふん……生意気な目だな。いいだろう」

伯爵の空気が変わる。

これまでの、こちらを舐めきったものから一転して、好戦的な気配を漂わせていた。

「それなら、力ずくでわからせてやろう。……お前ら」

ゴルディ伯爵は護衛へと声をかける。

「あの女騎士と、ついでに村娘を止めておけ」

そう言って、僕へと向き直る。

「一対一で、どちらか上かわからせてやろう、シュイナール家の落ちこぼれ」

「それは僕にとっても好都合だな」

ゴルディ伯爵は、このあたりでも腕利きの魔法使いとして一目置かれている。

ひどい態度が許されるのも、その力があってこそだ。

その彼を一対一で打ち倒したとなれば、伯爵も負けを認めざるを得ないだろう。

メイガンに倒してもらう場合、言ってしまえば王宮騎士に負けるのは当たり前のことだし、伯爵自身が言い逃れすることも可能だ。

しかし、落ちこぼれだと思っていた魔法使いに負けたとあっては……。

そのプライドもへし折ってやれることだろう。だから僕にとって、彼の提案は好都合だった。

向こうは、一騎打ちに持ち込むことで僕さえ押さえれば、強敵であるメイガンと戦わなくてすむとでも思っているのだろう。

「さて、それじゃいくか」

僕はまず、マッドゴーレムを作り出す。

「ふん、落ちこぼれ魔法使いが、私とやりあえるなんて思わないことだな」

伯爵もゴーレムを作り出した。

聞くところによれば彼の属性は岩石で、僕の泥と同様、土属性からの派生だ。

岩石属性は土属性に比べ、大味で小回りがききにくいものの、威力に優れている。

ゴルディ伯爵のゴーレムは僕のマッドゴーレムよりずっと大きく、頑丈そうだ。

実際、単純な耐久力や攻撃力は、向こうのほうが上だろう。

魔法は基本的に、汎用性が低い属性ほど威力が高い傾向がある。

岩石は単純な攻撃、破壊活動しかできない属性だから、その分戦闘となると強力なのだ。

だが、それは最初からわかっていること。

そうと知っていれば、正面からひたすらに魔法をぶつけ合うようなことはしないだけだ。

「押しつぶせ、ゴーレム！」

ゴルディ伯爵の命令とともに、ゴーレムが動き出す。

こちらも同じようにゴーレムで対抗していくが、やはりストレートにぶつかり合うとパワー負けしてしまう。

「ははは。しかしなんだね。腐ってもシュイナール家ということか。落ちこぼれにしてはやるではないか」

ゴルディ伯爵は愉快そうに言った。

「いやいや、実際、そう悪くもないのではないかね？　これまで君より弱い魔法使いなど、ごまんと見てきたよ」

彼は実際に、少し感心もしているようだ。

落ちこぼれのわりにはやれている、ということだろう。だが、その口ぶりからもわかるように、あくまでも優位だから出る余裕の言葉だ。

「まあしかし、わりとできるという程度では、私には遠く及ばないがなぁ！」

伯爵のゴーレムが、こちらのゴーレムをその腕で粉砕した。

「くっ……」

聞いてはいたが、やはり為政者としての評判が悪くとも、その腕は確かなようだ。

ここに来るまでに倒してきた衛兵たちとは格が違う。

けれどももちろん、僕だって無策なわけじゃない。

むしろゴーレム同士を直接ぶつけるのは、布石にすぎない。

泥属性は攻撃力で岩石に劣る。けれどその分、ゴーレムで殴る以外の使い方もできるのだ。

僕はまず、再びゴーレムを作り出す。

「何体出しても同じことだ。魔力量で勝負する腹づもりなのかもしれないが……私はそちらにも自身があってね！」

そう言ったゴルディ伯爵も、さらにゴーレムを作り出す。ごつい彼のゴーレムが並ぶと、威圧感もすごいものだ。僕は対抗するように、さらに数体のゴーレムを作っていく。

それを見た伯爵は、ゆがんだ笑みを浮かべた。

「真正面から勝てないなら数で勝負、という発想はまあ悪くない。だが、それは自分のほうが数を生み出せる場合だよ」

そう言ったゴルディ伯爵は、僕よりも多くのゴーレムを生み出した。

伯爵は得意げだが、僕としてはこれもむしろ好都合。

大きくいかついゴーレムによって、伯爵の視界は遮られている。

ゴーレム同士をぶつけ合うには問題がないため、伯爵は気にしていないようだが……。

僕は足下から泥を広げていく。

「ほらほら、どうした？　君のゴーレムはどんどん打ち倒されていくぞ？」

伯爵は優位を確信し、余裕の笑みを浮かべている。

それもそのはずで、個々で強い上にゴルディ伯爵のゴーレムのほうが数も多い。

そのため、僕のゴーレムはどんどん倒されていった。

ある程度の数は補充していくものの、じり貧なのは目に見えている。

マッドゴーレムが泥を飛び散らせて崩れていく。

床には泥が広がり、伯爵のゴーレムがこちらへと詰めてくる。

伯爵はそれを見ながら、愉悦の笑みを浮かべていた。

「そろそろ終わりかね？」

「ああ、そうだな」

僕も笑みを浮かべる。そして、魔法を発動させた。

「ならば少し痛い目に――なにっ⁉」

伯爵の足下から泥が這い上がり、その足、身体を拘束していく。

「この、ゴーレ、むぐっ……！」

泥は伯爵の口へも侵入し、その喉を埋めていった。

「むぐっ、ん、ぐぁっ……！」

伯爵を拘束しつつ、僕はさらに魔力を高め、大量の泥を作り出していく。

広いとはいえ、ここは屋敷の中。スペースにも限界がある。

そこに大量の泥が用意されるとどうなるか……。

「ぐっ、む、むぐぅっ！」

現われた大量の泥を見て、伯爵がもがいた。

だが、すでに泥に拘束されており、逃げられない。

そして新たな大量の泥が、奔流となって伯爵とそのゴーレムに勢いよく襲いかかる。

「んぐぅぅっ！」

驚愕に目を見開いた伯爵だったが、すぐに濁流に呑み込まれ、見えなくなってしまう。

屋敷を大量の泥が暴れながら流れていき、ゴーレムもすべて押し流してしまう。

そして濁流が去った後には、小さな人間大の、泥の塊があった。

「あがっ……はぁ、あぁ……」

その泥がほどけると、中からドロドロの伯爵が現われ、荒い呼吸でこちらを見た。

「あぁ……う、ぐぅっ……」

その目には恐怖が浮かんでいる。

先ほどの濁流……僕が最初の泥で拘束していなければ、伯爵もゴーレム共々どこかへ押し流されていただろう。泥の濁流に呑み込まれて無事でいられるかどうかは運次第だ。

それがわかり——力の差を体感した伯爵は、恐怖におののいていた。

中央に行けば、伯爵より強い魔法使いはいる。

彼だってそれは知っていたはずだ。

だが長年、このあたりの地域で一番の強者として、好き勝手していた伯爵。

久々の敗北による恐怖が大きかったのだろう。

「リーナは返してもらう。またこんなことをするようなら……」

「ひっ……」

僕の脅しに、伯爵は顔をひきつらせた。

これだけはっきりさせておけば、もう大丈夫だろう。

「ふたりとも、リーナを連れて帰ろう。そうだ伯爵、馬車を一台借りますね」

僕らはそのまま返事も待たず、リーナが捕らえられていると思われる部屋へと向かう。

廊下で座り込んでいた衛兵を脅して案内させると、すぐにそれは分かった。

「フィル！」

扉を開けると、彼女は一目散に僕に飛びついてきた。

「大丈夫だった？」

「うん。ちょっと怖かったけど、フィルなら来てくれるって信じてたから」

彼女はそう言って、ぎゅっと抱きついてくる。

「あ、フィル、んっ……」

そんな彼女をお姫様抱っこして、僕は馬車へと向かう。こんな所に長居は無用だ。

そしてそのまま自分たちの屋敷へと、今度はゆっくり帰っていくのだった。

●

ゴルディ伯爵を懲らしめた件は、瞬く間に周辺地域へと広がった。

まあ、かなり派手にやってしまったし、おそらくゴルディ伯爵の圧政に耐えかねていた内部の誰かがわざと広めていったのだろう。

これまで「島流しにあったシュイナール家の落ちこぼれ」として僕を軽んじていた周辺の貴族たちも、一気に掌を返していった。

まあ、話がスムーズに進むならそれにこしたことはないけれど、個人的にはわりとどうでもいいと言えばどうでもいい部分でもあった。

ともあれ、伯爵に代わり一目置かれるようになった僕だけれど、ゴルディ伯爵ほどパワーゲームに興味はないので、のんびりと暮らしていた。

僕にとっては、ゆったりした暮らしのほうが大切なのだ。

今日も適度に仕事をこなし、待望の夜になった。

「フィル、夜のご奉仕に来たわよ♪」

「フィル殿、私たちのご奉仕をいっぱい受けてくださいね」

「あたしも頑張りますっ♥」

今日もどうやら、三人でしてくれるらしい。

ひとりずつでも素晴らしい美女が三人で一緒にご奉仕してくれるというのは、男冥利に尽きる話だろう。頑張ったかいがあるというものだ。

そんなわけで、さっそくベッドへと向かう。

普段ならご奉仕を受けるとき、最初はおとなしくしているのだが、今日はあえてこちらから動いてみることにした。

「あっ、フィル殿っ……♥」

僕はメイガンをベッドへと引き寄せて、ぎゅっと抱きしめる。引き締まった体は、抱き心地も素晴らしい。

「う、あぁ……」

そのまま服へと手を忍び込ませ、彼女の身体をまさぐっていく。

「急にそんな、んっ……♥」

毅然としているようで押しに弱く、えっちなメイガンは、僕の愛撫にすぐに身を任せてきた。

「ん、あぅ……」

かわいい反応をする彼女の、そのたわわなおっぱいへと手を伸ばす。

「あんっ♥」

むにゅんっと柔らかな感触が伝わってきて、僕を楽しませた。

「あ、フィル殿、んっ……」

そのままむにゅむにゅとおっぱいを揉んでいき、柔らかさを楽しんでいく。

僕はさらに、ジョゼもこちらへと引き寄せた。

「フィル様、えいっ♥」

「おっと」

彼女は引っ張られる勢いに乗って、こちらへと飛び込んでくる。

そして自らその身体を押しつけてくるのだった。

僕は両手に花状態で、その魅惑的な身体を楽しんでいく。

「リーナ」

そしてリーナにも声をかけて、すぐに彼女たちに囲まれていった。

僕たちはそのまま固まってベッドへ寝そべり、身体をまさぐり合っていく。

「あんっ……」

「んぅっ……」

「ひゃうっ……」

魅力的な女体に包まれ、どこを触っても気持ちがいい。

そんなふうにして、柔らかくなめらかな肌触りを楽しんでいく。

「フィルってば、もうっ……」

「んぅっ、あぁ……」

「そこ、んぁっ♥　ダメですっ……」

四人でもみくちゃになっていると、もうどこが誰の身体かわからなくなってくるが、気持ちいいのだけは確かだった。

「あふっ、ん、あぁっ……」

「そうだ、それならあたしも、えいっ」

「んはぁっ♥　あ、ジョゼ、それは、んぅっ！」

さらに、彼女たち同士もいたずらを始めたらしく、艶めかしい声が聞こえてくる。

「や、ちょっ、んぅっ……」

「私もやり返すからな」

「あっ♥　んぅっ……」

女の子たちのいちゃつく声を聞きながら、僕自身もおっぱいや腿などを触って楽しんでいく。

じゃれ合いみたいな感じだけれど、じわじわと快感が高まっていくのを感じていた。

「なるほどね。それじゃわたしは……」

「んぁっ♥　ずるいぞリーナ、んぅっ」

「ひゃうっ。あたしまで、んぁっ……」

「ふふ、こうして、んぁっ♥　フィル、あっ、やんっ……♥」

ふたりに手を出していたリーナを刺激すると、彼女はびくんっと反応した。

どうやら油断して、無防備になっていたらしい。

そんなかわいい反応のリーナを責めていると、ふたりも反撃に出ていく。

「それなら私は胸を責めて……」

「あっ、や、メイガン、んぅっ……」

「あたしは乳首を責めちゃいますね♪」

「ひうっ！　あ、だめぇっ……」

今度は三人がかりで責められ、リーナがエロい声を漏らしていく。

「あっ、ん、ふぅっ……」

足の間へと手を滑らせて、彼女の秘所へと触れる。

「んぅっ……」

「リーナのここ、いっぱい濡れてるな」

「やっ、あぁ……」

下着越しに割れ目を擦り上げながら言うと、彼女はかわいく身もだえた。

僕はリーナの割れ目を片手でなで上げながら、もう片方の手でメイガンのおっぱいを揉んでいく。

「んぁ、あぁ……」

「ひゃう、フィル殿、んぅっ……」

ふたりの艶めかしい声を聞きながら、今度は口を使ってジョゼの乳首も愛撫していく。

「んあぁっ♥　フィル様、あんっ」

乳首を咥えられたジョゼが、敏感な反応を見せる。

「んぁ、あっ、ああっ……！」

僕は唇で挟み込んだ乳首を刺激しながら、手のほうも動かしてふたりを愛撫した。

「ひゃうっ、ん、あぁ……」

「フィル殿、ん、あぁ……」

「そこ、んぅっ、んあっ……！」

三人の嬌声と柔らかな身体に包まれながら、贅沢なハーレムプレイを楽しんでいく。

「フィルのここも、もう大きくなってる」

「ああ……これだけ三人に包まれて、エロい姿を見せられていたらね」

リーナの手がズボン越しに僕の股間をいじってきた。

それにつられるように、メイガンとジョゼの手も伸びてくる。

「う、ああ……」

三人の手がズボンの外から撫でたり、内側に忍び込んできたりと僕の肉棒を刺激していった。

その気持ちよさを感じながら、もつれ合って服を脱がせていく。

「んぅっ……フィル、ん、あふっ……」

「フィル殿のここ、すごく熱くなってますね」

「ガチガチになってるおちんちん♥」

柔らかな身体を感じながら、肉棒をいじられていく。

すっかりと裸になってしまった僕らは、そのまま淫らに身体を絡め合っていった。

「んむっ、ちゅっ……♥」

「私も、ちゅぅっ……」

彼女たちにキスされながら、互いの性器や、感じるところを愛撫し合っていく。

ゆったりと、そんな気持ちのいい時間を過ごしていくと、身体はすっかりと敏感になってしまうのだった。

「ん、あふっ……フィル、わたし、もう我慢できない……♥」

リーナがそう言うと、身を起こして僕にまたがってきた。

身体をまたいだリーナを見上げると、そのおまんこがもう十分に濡れて、エロく肉棒を求めているのがわかった。

愛液でいやらしく光りながらひくつくおまんこ。

その光景に見入ってしまい、肉棒も反応してしまう。

「ん、しょっ……」

リーナはそのまま肉棒に手を添えて位置を調整しつつ、腰を下ろしてきた。

「あっ♥　ん、あぁ……！」

くちゅり、と膣口に亀頭が触れ、そのまま蜜壺へと飲み込まれていく。

「あふっ、ん、あうぅっ……！　硬いの、わたしの中に、んぁっ」

愛液をたっぷりと溢れさせ、蠢動する膣内に包みこまれる。

その熱さと気持ちよさに、僕の欲望が滾っていった。

「ん、あっ、ふぅっ、んっ……♥」

リーナは背面騎乗位の姿勢で僕にまたがり、腰を動かし始める。

彼女の背中と、少し視線を下ろすとお尻が見える。

丸みを帯びたお尻と、かわいいおまんこが肉棒を咥えこんでいる光景はエロい。

「あふっ、ん、あっ、ああっ……！」

リーナはすでにかなり興奮しているようで、腰を勢いよく動かしてくる。

「あっあっ♥　ん、あっ、あふぅっ……！」

膣襞が肉棒をしごき上げて、こちらを高めてくる。

「あふっ、ん、あぁ……」

彼女は大きく腰を振り、その度に膣襞が肉竿を搾り取るように蠢いた。

おまんこご奉仕の素敵な気持ちよさに浸っていると、左右からメイガンとジョゼがこちらへと寄り添ってきた。

「私たちもフィル殿を気持ちよくしていきますね」

「こうやって左右から、身体を寄せて……♥」

「あぁ……」

ふたりの美女に寄り添われながら、そのまま愛するメイドの背面騎乗位で搾り取られる。

楽園のような気分で、僕は彼女たちにすべて任せていった。

「はぁっ、あああぁぁっ！　これっ、すごいっ！　気持ちいいっ!!」

「ぐっ……リーナッ……！」

彼女は僕に跨りながら激しく腰を振っていく。

ぐちょぐちょの膣襞が肉棒を締め上げ、もっと快楽をねだっているかのようだ。

トロトロになった膣内で包み込むようにしながら射精を促してくる。

「今日はずいぶん、激しいんだな……」

僕がそう言うと、リーナはさらに激しく腰を振りながら言った。

「だって、フィルの子種を一番奥で欲しいからっ！　わたしの子宮、フィルの精液でいっぱいにしてほしいのよっ！　あぐっ、ひゃうぅっ！」

快感で羞恥心も麻痺しているのか、遠慮なく恥ずかしい言葉で求めてくる。

「う、あぁ……」

その言葉通りに、おまんこは精液をねだって絡みついてきていた。

「すごいですね、リーナがこんなに求めているなんて」

「き、聞いているこっちが恥ずかしくなってしまうくらいですっ」

横になっている僕に左右から奉仕しているふたりも、少し顔が赤くなっていた。

「リーナには普段お世話になっていますから、望み通り彼女の中をいっぱいにできるよう、お手伝いします」

「あたしもっ！　フィル様のこと、もっともっと気持ちよくしますっ！」

そう言うと、ふたりはより積極的に奉仕しはじめる。

大きな胸を押しつけ、乳首を舐め、キスもして……けれど、一番激しく興奮させられるのはやはりリーナだった。

「んんっ、はぁっ、ううぅっ！　フィル、フィルッ！　来てっ！　んぁ、あ、ああっ！　わたしのこと孕ませてっ!!」

「ッ!!」

その言葉に一気に頭の中が熱くなって、腰の奥から熱いものが噴き上がってくる。

「あぁっ、イクッ、すごいの来ちゃうっ♥　わたしの、んぁ、感じてるおまんこにっ……フィルの子種汁、いっぱいだしてぇっ♥」

「う、ああ……！」

いやらしくおねだりするリーナに、僕ももう限界だった。

彼女の望み通り、その奥へ種付けするように腰を突き上げていく。

「んはぁぁあぁっ♥　あっ、しゅごいのぉっ！　んぁ、あっあっ♥　もう、イクッ、イクイクッ、イックウウゥウゥウゥッ！」

「ぐっ、出るっ！」

びゅるるるっ、びゅくっ、びゅくくっ！

僕は腰を突き上げて、絶頂おまんこに導かれるまま射精した。

「んはぁぁあっ♥　あっ、ああっ！　熱いの、わたしの奥に、いっぱい出てるっ……」

彼女はうっとりと言いながら、そのまま脱力していく。

「あぁ……すごい蕩けた顔になっていますね」

その顔を見たメイガンが言いながら、また僕に抱きついてくる。

「あふっ……」

ひと心地ついたリーナを持ち上げると、そのままベッドへと寝かせた。

するとメイガンとジョゼが僕に身を寄せてくる。

彼女たちは両側から、僕の肉棒へと手を伸ばしてきた。

「フィル様のおちんちん、まだまだお元気です」

「混じり合った体液でヌルヌルになって……すごくえっちですね」

「ああ……」

彼女たちが軽く肉棒をしごいてくる。

その気持ちよさに浸っていると、さらに足を絡めるように密着してきた。

「フィル殿……私にも挿れてください」

メイガンがそう言うと、ジョゼは僕の手を自らの足の間へと導いた。

「ん、あぁ……フィル様のおちんぽがほしくて、あたしのここ、こんなにはしたなく濡れちゃってます……♥」

僕の手がくちゅりとジョゼのおまんこに触れる。

そのまま指を割り入れて、内側を軽くいじった。

「あんっ♥　ん、うぅっ……フィル様、んっ……」

ジョゼがかわいい声を出しながら、きゅっとおまんこを締めてくる。

「ずるいです……私も、ん、あぁ……♥」

メイガンも僕の手をとって、そのおまんこへと導いていく。

「あぁ、フィル殿の指、ん、気持ちいい……♥　でも、やっぱり、おちんちんを挿れてほしいですね……♥」

そう言ったメイガンが、軽くひねりをくわえて肉竿をいじってきた。

「それじゃふたりとも、四つん這いになってよ」

「はいっ！」

僕がそう言うと、彼女たちは素早く反応して、ベッドの上で四つん這いになった。

「フィル様……」

「きてください……」

彼女たちのぬれぬれおまんこが、僕を誘っている。

僕は導かれるようにふたりのお尻に近づくと、そのまま挿入していった。

「ん、あああっ……♥」

まずはメイガンのおまんこに挿入し、腰を振っていく。

「あふっ、ん、あぁあ……♥　やっぱり、フィル殿のおちんぽ。すごいですっ……♥　んぁ、ああっ、んくぅっ！」

もうすっかりと潤っているため、最初からスムーズに腰振りができる。

メイガンの膣内は肉棒を喜び、きゅっきゅと締めつけてきていた。

「んぁ、あ、ああっ……♥」

「フィル様……♥」

「ああ、ジョゼも、な」

「んくぅっ！」

僕は一度肉竿を引き抜き、今度はジョゼに挿入していく。

彼女のほうももうおまんこはとろとろで、肉棒に喜びながら吸いついてきた。

「んはぁあっ♥ あ、ああっ……♥ フィル様、ん、ふぅっ……たくましいおちんぽで、あたしの中、いっぱい、んぁっ！」

僕はジョゼのおまんこも、ピストンで刺激していった。

「あっあっ♥ ん、ふうっ！」

「んくぅっ！ また入ってきて、んぁ、ああっ！」

僕は代わる代わるふたりのおまんこに挿入し、ピストンを繰り返していく。

「あふっ、ん、ああっ！」

「硬いの、んぁ、あああっ！」

ズブズブと抜き差しして美女ふたりのおまんこを楽しんでいく。

こうして揃って秘部を突き出し、僕の肉竿を求めてくれている姿というのはとても嬉しいし、エロいものだ。

僕は欲望に任せるように、ふたりのアソコを味わっていく。

「んはぁっ♥　あ、襞、そんなにこすれたらぁっ……♥　私のおまんこ、キュンキュンしすぎて、ん、あああっ！」

「はうっ♥　あっ、フィル様ぁ……♥　あたしの奥まで、おちんちんぬぷぷって入ってきて、あっ♥　ん、くぅっ！」

「くっ、ふたりとも、すごく吸いついてくるな」

「だって、フィル殿のおちんぽ気持ちいいから……♥」

「自然と、おまんこが咥えこんじゃうんですっ♥」

そんなことを言われると、とても満たされる。

僕はふたりに交互に挿入しながら、腰を振っていった。

「あっあっ♥　ん、くぅっ、んぁっ！」

「あふっ、んぅっ、ああっ！」

ふたりの嬌声が響いていく。

絡みつく膣襞を擦り上げ、一対一のときよりも激しく腰を振っていった。

「んはぁっ、あっ、ああっ……フィル殿、私、もう、んぁ、あっ、ああっ……！　イキそうですっ、ん、くぅっ！」

「あうぅっ♥　んぁ、あたしも、フィル様のおちんぽにズブズブされてっ♥　んぁ、もう、イっちゃいます！」

ふたりの声を聞いて、僕はさらに勢いよく腰を振っていく。

「あっあっ♥　もう、んぁ、イクッ！　イクイクッ！」

「あうぅぅっ！　すごいの、んああっ、あぁぁぁっ♥」

ふたりとも絶頂に向かって高まっていくのがわかる。

僕は肉棒をズブズブ突き込み、その震える蜜壷を犯しまくってラストスパートをかけていった。

「ああっ♥　フィル殿ぉっ♥　んぁ、ああっ！」

「おちんぽ、いっぱいきてるっ、イクッ！　おまんこイクッ！　んぁ、あっ、ああっ！　イクイクッ！」

「「イックウゥゥゥッ!!」」

そしてふたりは声を合わせて絶頂した。

「ぐっ、でるっ……！」

僕も限界を迎え、射精する。

交代でふたりのおまんこを味わっていたこともあり、僕はそのまま、彼女たちのお尻や背中に向けて精液を放っていった。

「あぁっ……♥　熱いの、いっぱいかかってます……♥」

「フィル様の精液で、マーキングされちゃってます♥」

ふたりは僕の精液を浴びながら、うっとりと声を漏らしていく。

そしてそのまま、姿勢をくずすとベッドへと倒れ込んでいった。

僕も射精の余韻に浸りながら、愛すべき美女たちのいるベッドへと身を横たえるのだった。

エピローグ　続いていくハーレムライフ

ゴルディ伯爵の一件以降、魔法使いとしての評価も上がって一目置かれることが多くなり、僕を取り巻く環境は変わっていった。

中にはこれまで力を持っていたゴルディ伯爵の代わりに、僕を中心にこの地域をまとめ直そうというような動きもあった。

けれど、僕としてはあまりそのあたりに興味はない。

力をつけて中央に返り咲こうという野心もないし、こちらで勢力を拡大してふんぞり返ろうという野望もない。

別に追い出したシュイナール家を見返したいとも思っていない。

そんなわけで、結局は自分の領地でゆるゆると暮らしているのだった。

村のほうも畑はもちろん、製鉄などの事業も順調で、今ではにぎわいと活気に満ちて発展を遂げていた。

そして村が発展していくのに合わせて、見栄えのバランスなども踏まえて、僕らが暮らす領主館も新しいものになっていた。

最初は村の中では立派な屋敷だったけれど、発展した今となっては、新しい建築物に比べて見劣りするようになってしまっていたからだ。

個人的にはさほど気にならないけれど、やはりいろいろと都合があるらしい。

まあ、建物が新しくなったり豪華になったりして困ることはないので、ありがたく受け入れることにしたのだった。

そんな新築での暮らしにも慣れてきた。

基本的な部分は役人に任せ、僕は土壌に関する相談を受けたり、領主として必要な会議に顔を出すくらいで、のんびりと暮らしている。

今日は周辺領主との話し合いを終えて、屋敷へと戻ってきたのだった。

一日が終わりくつろいでいる夜、三人が僕の部屋を訪れる。

「フィル、今日もご奉仕にきたわよ♪」

そう言って、リーナを先頭に入ってくる三人。

彼女たちのご奉仕、そして時には三人でというのも、完全に日常になってきていた。

「ほらほら、フィル様、こっちへ」

ジョゼが僕をベッドへと導いて、寝そべらせる。

そしてそのまま股間のあたりへと迫ってくるのだった。

「フィル殿の服を脱がせていきますね」

そう言って、メイガンが僕のズボンへと手をかけていった。

彼女たちに身を任せ、奉仕を受けていく。

「まずは脱がせて、と」

「すぐに大きくして差し上げますね」

「ああ……」

メイガンの手がまだ柔らかなペニスをつまみ、軽く刺激してくる。

「ん、しょっ、しこしこ……」

「あたしも、しこしこー」

ふたりの手が肉竿を刺激してきて、その気持ちよさに血が集まってくるのを感じた。

「おちんちん、手の中で大きくなってきてますね♥」

「むくむくってふくらんでいくの、すっごくえっちです♪」

そう言いながら、ジョゼがきゅっと肉棒を握った。

「手の先からはみ出しちゃってるわね。あーむ」

「うおっ……」

リーナが先端にしゃぶりつき、亀頭を刺激してきた。

温かな口内に迎え入れられ、そのままちろちろと舌にくすぐられる。

「れろっ、ちゅっ……んっ……」

「ふふっ……咥えられてるおちんちんも、おちんちんを咥えているリーナの姿も、すっごくえっちだな……」

メイガンがそう言って、肉竿の根元あたりをしごいてくる。

「うわ……」

先端と根元を口と手、異なる気持ちよさで愛撫されて、僕は思わず声を漏らした。

「れろっ……ちろっ、ちゅっ……」

「しこしこ、しこしこっ」

手と口で愛撫され、そのまま快楽に身を任せていく。

「こうして、身体を押しつけながら、んっ……」

メイガンの柔らかなおっぱいが、むにゅりと押し当てられる。

「ん、しょっ……」

「れろっ、ぺろろっ……」

リーナの舌が裏筋を舐め、カリ裏をくすぐってくる。

メイガンの手が肉竿をしごき、しゅるしゅると気持ちよくしてくるのだった。

「それじゃ、あたしはこっちを刺激していきますね」

そう言ったジョゼは、根元や先端を愛撫されている肉棒ではなく、陰嚢へと手を伸ばしてきた。

「フィル様の子種汁が詰まった袋を、もみもみしますね♪」

「あぁ……優しく頼むね」

彼女の手がやわやわと、陰嚢を揉んでくる。リーナに咥えられて以来、けっこうクセになっているプレイだ。

「ガチガチのおちんちんとは違って、なんだか不思議なさわり心地ですね」

そう言いながらジョゼが、玉袋をもみほぐしてくる。

「袋の中に、ちゃんとタマタマが二個入っていて……このタマタマで、フィル様の子種が作られているんですよね」

「そうだな……」

「今日もいっぱい出すために、精液たくさん作ってくださいね。もみもみー」

ジョゼの手で刺激されて、実際に活動が活発になっているような感じがした。

睾丸マッサージにどのくらい効果があるのかわからないが、肉竿を刺激されるのとは違う気持ちよさを感じているのだった。

「れろっ……ちゅぷっ……♥　そうよね。今日はわたしたち三人を、いっぱい気持ちよくしてもらうんだから♪」

リーナがそう言いながら、肉竿にしゃぶりつく。

「ほら、もうえっちな我慢汁、出てきちゃってる♥　れろっ……ちゅ、ちゅぷっ」

彼女は鈴口へ舌を這わせ、我慢汁を舐めとっていった。

「れろっ、ちろっ、ちゅっ……」

「うぅ……」

敏感な先端を舐められ、愛撫されていくのはやはり気持ちがいい。

直接的な刺激に、どんどんと高められていくのを感じた。

「根元のほうもしごいて……しこしこっ」

メイガンの手が肉棒をしごき、さらに快感を与えてくる。

彼女の手は小刻みに上下へと動いていた。

「太くて、血管も浮き出ているたくましいおちんぽ……しこしこ、しこしこっ♥」

「あぅっ……」

先端を舐められているのはとても刺激が強いのだが、肉棒をしごかれるとそれ以上に射精感が増してくる。

それに加え、陰嚢をマッサージされて、そちらの動きも活発になっていた。

「もみもみ、ころころ……いっぱい出してくださいね」

ジョゼの手が睾丸を愛撫して、発射を促していた。

「く、もう、あぁ……」

「イキそうなの？　それじゃあ、もっと深く、あーむっ……」

「うっ……」

リーナが肉棒を咥えこんだ。

幹の中程まで彼女の口内に包みこまれる。

「あむっ、じゅぷっ、じゅぽっ……」

そのまま唇でしごき、往復させてくるリーナ。

「私も合わせて、しこしこっ……」

メイガンは速度を上げて、根元のほうをしごいてきた。

「じゅぶっ、れろっ、ちゅぶっ……♥　こうやって、ちゅぶっ、れろっ、ちゅぼぼっ……！　おちんちんしゃぶられるの、気持ちいいよね？」

リーナが下品なフェラ顔で、こちらを見ながら尋ねてくる。

「ああ……すごくいいね」

「ふふっ♪　じゅぶっ、じゅぼぼっ！」

素直に答えると、彼女は嬉しそうに、さらに肉棒に吸いついてきた。

「それじゃあこのまま、じゅぶぶっ、じゅるっ……」

「こっちももっと追い込むように……」

「うわっ……」

メイガンは軽く手首にひねりを入れながら肉棒をしごいてくる。

単純な上下とは違う刺激が、さらに僕を追い詰めていった。

「タマタマ、きゅって上がってきました。もう出そうなんですね♥」

もみもみと睾丸マッサージをしていたジョゼも、射精の気配を感じ取って、手の動きを変化させてきた。

その快感に、精液がせり上がっているのを感じる。

「う、あぁ……もう、うっ……」

「じゅぶぶっ、じゅるっ、じゅぽっ……」

「このままイってください。しこしこ、しこしこっ！　ほら、リーナの口の中に、びゅびゅっと出して♥」

「くにくに、ころころ……ぐぐっとせり上がったタマタマを、軽く押して……精液、たくさん出してくださいね♥」

「う、ああ……三人とも、もうっ……！」

連携技で睾丸から亀頭まで性器を責められて、限界を迎える。

「じゅぶぶっ、じゅぽっ！　じゅっ、れろれろれろっ……！　じゅるっ、じゅぶじゅぼっ、じゅぶぶぶぶっ！」

「う、出るっ……！」

びゅくっ、びゅくく、びゅるんっ！

僕はされるがまま、リーナの口内に射精した。

「んむぅっ♥　ん、じゅるるっ！」

勢いよく飛び出した精液に一瞬驚いたリーナが、そのまま精液を飲んでいく。

「んくっ、ちゅぷっ……ちゅっ、じゅるっ……！」

「う、そんなに吸われると、うぁ……」

射精直後の敏感な肉棒を吸われて、僕が声を漏らす。

「ちゅっぷ、んくっ、ちゅぅっ……ごっくん♥　ちゅううぅっ！」

「あぁ……リーナ……」

そして残さず飲み込むと、さらにストローのように吸い出してくる。

僕は思わず彼女の頭をつかんで、肉棒から引き離した。

「あんっ♥」

リーナは色っぽい声を出しつつ、素直に肉棒を放した。

「すっごい濃いのが出たね♥」

満足げに言いながら、唇をペロリと舐める。

とてもエロい仕草と、先ほどまでその可愛らしい口に咥えられていたのだという実感が、僕の心をくすぐってきた。

「お口と手で気持ちよくなったけど……フィルのここはまだまだ元気ね♪」

「ああ。ジョゼのマッサージでいつも以上に活性化している気もするしね」

そう言いながら、僕は身を起こす。

「それじゃあ次は……」

「私たちのおまんこでご奉仕を……」

「ああ、そうだな」

僕がうなずくと、三人は乱れた着衣のまま、ベッドへと横になる。

三人の美女が僕を求めてベッドに身体を投げ出している光景は、すごく豪華で興奮する。

「ね、フィル……」

「あぅ……あたしももう、こんなになっちゃってます」

仰向けで誘う彼女たちが、足を広げていく。

するとその下着が、もうしっとりと湿っているのがわかった。

愛液で濡れてはりつき、割れ目の形がわかるようになってしまっている。

その姿に牡としての本能が刺激される。

思わず見とれてしまうほどだ。

すると彼女たちは下着を脱いで、さらなる誘惑をしてきた。

「フィル、ほら、わたしのここに挿れて……♥」

リーナは露になったおまんこをこちらへと向ける。

「フィル殿、私ももう、我慢できません……」

そう言ったメイガンが、ぐっと腰を突き出しておまんこをアピールしてきた。

「ん、ふぅっ……フィル様、あたしはもう、こんなふうになっちゃってます♥」

ジョゼはそう言うと、自らの手でくぱぁっとおまんこを広げた。

愛液を溢れさせた膣内が、エロくひくついて僕を求めている。

その三者三様のはしたないおねだりに、僕は誘われるように動いた。

「三人とも、そんなにおねだりして……僕も我慢できないな」

そう言うと、彼女たちはうっとりと期待に満ちた目を向けてきた。

肉棒を欲しがるメスの表情に、僕は滾るまま欲望を向けていった。

「んはぁっ♥　あ、ああっ！」

まずは一番淫らなおねだりをしてきた、ジョゼの蜜壺に挿入する。

「あぁっ♥　フィル様、すごいのぉっ、んぅっ……！」

ぬぷりと肉棒をのみこんだおまんこが、きゅっきゅっといやらしく締めつけてくる。

僕はその気持ちよさを感じながら、腰を振っていった。

「んはっ♥　あっ、ああっ……ん、くぅっ……！」

エロい声を漏らすジョゼ。嬌声に合わせて膣襞が締めつけてくる。

「んはぁっ、あっあっ♥　ん、くぅっ……！」

膣襞が肉棒を擦り、快感を生み出していく。

抽送の度にエロい声をもらすジョゼが、潤んだ瞳で僕を見ていた。

「フィル様、んぁ、あっ、あぁっ……」

最初からハイペースで腰を振り、おまんこをかき回していく。

「フィル、ん、あぅっ……わたしにも挿れてぇっ……♥」

「ああ」

そのおねだりに僕は一度肉棒を引き抜くと、隣にいるリーナへと挿入する。

「んはぁっ♥　あっ、あぁっ……！」

ずぶりと入った肉棒に声を漏らすリーナ。

僕は先ほどと同じ勢いで、その蜜壺を犯していった。

「んはっ♥　あっ、あぁっ……！　すごい、んぁ、ああっ……」

勢いのよいピストンで膣襞を擦り上げ、抜き差しを繰り返していく。

「んぁ、あっ、ああっ……そんな激しくされたら、んぅっ……♥」

僕はそこで肉棒を引き抜き、さらに隣で待っているメイガンへと挿入した。

「んはあぁぁっ♥　あっ、ああっ、おちんぽ、入ってきたぁっ……♥」

メイガンのそこももう十分以上に濡れており、スムーズに肉棒を受け入れた。

「あぁ、ん、太いのが、ぐぐって、んぁ、ああっ♥」

メイガンがきゅっと膣内を締めてきて、肉棒を逃がさないとばかりに包む。

その狭い中をぞりぞりと往復すると、快感が膨らんでいく。

「う、あぁ……」

「んはぁっ♥　あっ、ああっ……！」

そこで勢いよく引き抜くと、僕は三人のおまんこを代わる代わる刺激していった。

「はうっ、んぁっ！　あっ、ああっ！　フィル、んぁ、ああっ！」

「フィル様っ、んぁ、あああっ！　おちんぽ、すごすぎて、んくぅっ！」

「あぁっ！　あっあっ、私も、んぁ、ああっ！」

次々に三人の間を往復して、そのおまんこを楽しんでいく。肉棒が入る時間が短い分、ストロークを強くするため、僕のほうは強い刺激を連続して受けている状態だ。

「はひっ！　あぁぁっ！　もうダメッ、イクッ！　フィルもっ、フィルも一緒にっ！」

リーナが限界まで高まった興奮を訴えてくる。

それに少し遅れてメイガンとジョゼも。

「はぁっ、はぁぁっ！　私もイキますっ！　どうか、フィル殿のお情けをっ！」

「フィル様ぁっ！　あたしもイッちゃいますっ！　だからっ、一番奥に下さいっ！」

三人からそれぞれ求められて、僕の興奮も限界まで高まっていた。

「ああ、出すよっ！」

昂ぶった興奮をぶつけ合うように腰を動かしながら、最後に思い切り腰を打ちつける。

「んはぁ、あっあっ♥　イクッ、んぁ、あああぁっ！」

「あうぅっ！　私も、んぁ、あぁっ、イックウゥゥゥゥッ！」

「んぁ、イクイクッ！　フィル様っ、んぁ、んくぅぅぅぅっ！」

三人が絶頂し、そのおまんこが収縮する。

そして精液を搾り取るようにしてくるのだった。

「……ぐぅっ！」

そんな絶頂締めつけを連続で受け、僕も限界を迎える。

腰がビクッと震え、湧き上がってきた快感と共に射精した。

「んはぁぁぁぁっ♥　あっ、あああっ！　奥で、んぁ、ああっ！　熱いの、びゅくびゅく出てるぅっ♥」

リーナの中で射精すると、彼女は中出しでさらに絶頂した。

「う、あぁ……」

余さず絞り尽くそうかというおまんこの蠕動。

僕はそのまま、彼女の奥で精液を吐き出していく。

「んぁ……♥　あ、あぁ……」

そんな彼女から、肉棒を引き抜いて一休みする。

「わぁ……すごいな……リーナの顔、蕩けてる」

「それに、おちんぽの形に開いたおまんこから、精液がとろっと垂れてきちゃってます♥」

ふたりも気持ちよさそうな顔をしながら、リーナのイキ姿を眺めていた。

「フィル殿……」

「今も十分気持ちよかったですけど、あたしたちの中にも、フィル様の子種をください」

彼女たちはこちらへと近寄って、そうおねだりをしてきた。

ジョゼはさわさわと陰囊を持ち上げるように刺激する。

「フィル様のタマタマ、まだずっしりと重くて、精液入ってますよね？」

「ああ、そうだな」

そう言うと、ふたりは四つん這いになって誘ってきた。

ぷるんっと丸いお尻がこちらに向けられている。

そして開かれた足の間で、先ほどイってとろとろになったおまんこが、チンポを求めてひくついているのがわかった。

「それじゃ、フィル殿……」

「あたしたちの中にも」

「もちろんだ」

僕はそう言うと、彼女たちのお尻をつかみ、その蜜壺に挿入していく。

「んはぁあっ♥」

「あっ、んぁああっ……」

先ほど絶頂していることもあり、僕は勢いよくそのおまんこを突いていった。

「んはぁぁあっ♥ あ、後ろからされるの、んぁ、奥にきて、好きですっ……」

背中をのけぞらせながら、メイガンが言った。

普段はクールな女騎士が、獣みたいに突かれてよがっている姿は、僕を興奮させていく。

「んぁ、あ、んおぉっ♥」

そんなメイガンをバックで犯し、次はジョゼへと向かう。

「んくぅっ！ あ、あぁっ♥ フィル様、そこ、んぅぅっ！」

肉棒が襞を擦り上げると、ジョゼがびくんっと反応する。僕はそんな彼女に腰を打ちつけていった。

「んはぁっ♥ あ、だめですっ、あたし、んぁっ♥」

すっかりと感じてるジョゼは、はやくも息が荒くなっていく。

「あぁっ、んぁ、ん、んくぅっ……！」

僕は再び、メイガンへと肉棒を挿入する。

「んくぅっ♥ あぁ……フィル殿、ん、んあうっ！」

お尻をつかんで、奥まで肉竿を届かせる抽送。

「んはぁっ♥　あっ、ああっ……！」

蠢動する膣襞を擦り上げ、しっかりと貫いていく。

「んぁ、あ、あぁ……♥　ん、くぅっ、はぁっ……」

僕はジョゼとメイガンを交互に突き、どんどんと高めていった。

「んはぁっ、あっ、イクッ、イクイクッ！」

「あたしも、んぁ、もう、あっ、ああああっ！」

「くっ、ふたりとも、うっ……」

僕はふたりのおまんこを交互に犯し、高まっていく。

「んはぁ、あっ、らめ、あっ、イクッ……フィル殿、きて、ん、ああっ！」

「う、あぁっ……」

メイガンはぎゅっと膣内をしめ、肉棒を絞りあげてくる。

その膣圧の高さはさすがで、僕のペニスはくっぽりと咥えこまれてしまう。

「んはぁ♥　あ、イクッ、もうっ、んぁ、イきますっ……！　あぁっつ、イクッ、ん、ああぁぁぁあぁっ！」

「う、あぁ……！」

彼女が絶頂し、膣内がこれまで以上に締まる。

その吸いつきに耐えきれずに、僕は射精した。

「んはぁぁあっ♥　熱いの、いっぱい、びゅるびゅるって……♥　んぁ、あぁ……♥」

メイガンはうっとりと中出し精液を受け止め、そのままベッドへと倒れ込んでいった。

「あぁ……」

ぬぷりと肉棒が抜ける。僕も連続で腰を振り、体力をかなり持っていかれていた。

「フィル様、横になってください」

そう言いながら、ジョゼが僕を押し倒してくる。僕はそのまま抵抗せずに仰向けになった。

「たくさん腰を振って、お疲れになったでしょう？　あとはあたしが動きます♪　それに体力はなくなっても、こっちはまだまだお元気ですし♥」

「ああ……」

彼女は、体液まみれの肉棒をきゅっとつかみ、軽くしごいてくる。

そこはまだまだ硬く、天を向いていた。

「それでは、いきますね……ん、あぁ……♥」

彼女はそのまま僕の上に腰を下ろしてくる。

そこだけは元気なチンポが、彼女のおまんこに飲み込まれていった。

「んはぁ、あ、ふぅっ……♥」

騎乗位で肉棒を受け入れたジョゼが、前屈みになって手をついた。

すると、そのたわわなおっぱいが強調されるように揺れる。

「あんっ……おちんぽ、中でぴくんって反応しました。三回出したのに、まだまだ元気なの、すごいです……♥」

そう言いながら、彼女は腰を振り始める。

「んはっ、あ、あぁ……♥」

僕は仰向けのまま、その光景を眺めた。

「んうっ……ふぅ、ん、あぁ……」

彼女が腰を動かす度に、おっぱいが柔らかそうに弾む。

その光景はずっと眺めていたいほど艶めかしいものだ。

「あふっ、ん、あぁ……んくっ！」

たゆんっと弾むおっぱいは、見上げるとさらに迫力がある。

「んはぁ、ああっ、あぁ……♥」

ジョゼはゆさゆさと胸を揺らしながら腰を振り、肉棒をしごいていった。

「んはぁ、あ、ああっ……♥　フィル様、んぅっ……」

すっかりと淫らになったジョゼの腰振りに、肉竿が蕩かされていく。

膣襞が肉棒を包み込んでしごいていた。

「あはっ、ん、あぁ……おちんぽ、あたしの中を押し広げて……んぁ♥」

ジョゼがこちらを見下ろしながら、腰を振っていく。

「あふっ、フィル様、んぁ、ああっ……」

艶めかしい声をあげるジョゼは、とても色っぽい。

そして膣内の気持ちよさに、僕はただただ浸っていた。

「んはぁ、あっ、あぁ……♥」

自分でガンガンに腰を振るのも気持ちがいいが、こうして奉仕されていながら、その魅力的な身体を眺めるというのもいいものだ。

「あぁっ♥　ん、はぁ、くぅっ、んっ……」

すっかりと色気を身につけたジョゼが、エロく腰を振る姿。

僕の上で乱れ、よがる彼女はとてもエロく、欲望をかき立ててくる。

「あふっ♥　んぁ、あっ、ああっ……」

そうして彼女が腰を振って気持ちよくなっている内に、僕の体力も少しは戻ってくる。

そしてそれ以上に欲望が膨らみ、ただ寝ているのは我慢できなくなった。

「あふっ、んぁ、あぁ……♥　フィル様？　んぁっ」

僕は彼女の腰をつかむと、ぐっと腰を突き上げた。

「んはぁぁぁっ♥　あっ、あぁ……」

いきなりおまんこの奥を突き上げられて、ジョゼが嬌声をあげる。

「フィル様、んぁ、あ、それ、んくぅっ！」

僕はそのまま腰を突き上げて、おまんこをかき回していった。

「んはぁっ♥　あ、だめっ、イクッ！」

ジョゼはそう言いながら、自らも腰を動かし続ける。

「う、あぁ……」

「んはぁあっ♥　あっ、すごいですっ……。おちんぽ、あたしの奥まで、いっぱい、んぁ、あっあっ♥　あぁっ！」

ジョゼはおっぱいを大きく揺らしながら、昂ぶりのまま腰を振っていく。

僕もラストスパートで、腰を突き上げていった。

「あぁっ♥　もう、イクッ！　んぁ、あっ、あああっ！　あっあっ、んはぁっ♥　イクイクッ、イックウウゥゥウゥッ！」

びゅくんっ、びゅるるるるっ！

彼女が大きく背をのけぞらせて絶頂する。

その拍子に膣襞がきゅっと肉棒を絞り上げていった。

僕はその絶頂おまんこに、勢いよく射精していく。

「んぁあっ♥　あ、ああっ……♥　出てます……♥　あたしの中に、欲しかったフィル様の子種汁、びゅくびゅくって、んぁ♥」

「う、あぁ……」

彼女のおまんこがしっかりと精液を絞り上げていく。

蠢動する膣襞に促されるまま、僕はあまさず精液を吐き出していった。

「あぁ……♥　ん、ふぅっ……」

ジョゼはうっとりとしながら、腰を上げていった。

「んあっ♥」

ちゅぷっ、といやらしい音を立てながら、肉棒が抜ける。

たくさん腰を振って絶頂したジョゼは、そのままベッドへと倒れ込んだ。

僕もそのまま、仰向けで力を抜いていく。

「お疲れさま、フィル」

そんな僕に、復活したリーナが声をかけてきた。

「いっぱい気持ちよくしてくれて、ありがとうね」

「僕も、すごく気持ちよかったよ」

美女三人に囲まれ、求められるというのは本当に幸せだ。

転生直後はいろいろと苦労することもあったけれど……ここへ来てからは、すごく幸福な生活を送っている。

「おちんちんもすっかりどろどろで……きれいにしてあげるわね。れろぉ♥」

「うぁ……」

リーナが肉棒を舐め上げ、そのまま頬張ってくる。

「れろっ……ちゅぷっ、ちゅぱっ……ふふっ♪　まだ萎えないんだ、フィルのおちんちん♥　れろっ、ぺろっ、ちゅっ」

「う、そんなふうにいやらしく舐められたら……」

お掃除フェラだと言いながら、彼女は裏筋へと舌を這わせ、肉竿を気持ちよくしてくる。

「いいわよ。何回でも、わたしたちで気持ちよくなって♥」

「ああ……」

うなずくと、彼女はフェラを続ける。

「じゅるっ……ちゅぶっ、ちゅぽっ……」

夜はまだまだ長い。彼女たちに囲まれ、エロいこともいっぱいして……。

「ちゅぶっ、ん、れろぉっ……♥」

そんな気持ちよくて幸せな日々が、これからも続いていくのだ。

「リーナ……」

僕は彼女の頭を優しく撫でる。

「んっ……♥　れろっ、ちゅぶっ、ちゅぅっ♥」

彼女は気持ちよさそうにしながら、フェラを続けていった。

今度はメイガンも身体を起こして、こちらへと近づいてくる。

「私も、まだまだご奉仕を……れろっ……」

そして股間へとかがみ込み、舌を伸ばしてきた。

こんな幸せなハーレムライフが、これからもずっと続いていくのだ。

僕は溢れる幸せを感じながら、彼女たちとの時間を過ごしていくのだった。

あとがき

みなさま、こんにちは。もしくははじめまして。赤川ミカミです。

嬉しいことに、今回もパラダイム出版様から本を出していただけることになりました。

これもみなさまの応援あってのことです。本当にありがとうございます。

さて、今作は名家に生まれたものの相性が悪く、落ちこぼれとして邪険にされていた主人公が地方に飛ばされ、そちらで才能を開花させていくというお話になっております。

再びの転生ものとなっております。


本作のヒロインは三人。

落ちこぼれ時代から仕えてくれていた幼なじみメイドのリーナ。すでに長い時間を一緒にいて親しい彼女は、ダメな頃から変わらず好意を示してくれて、新天地でももちろん積極的に尽くしてくれちゃいます。

なにくれとなく面倒をみてくれる、しっかり者タイプ。けれど主人公にはかなり甘い女の子、というのは可愛くていいですよね。

次はお姫様の護衛を務めていたほどの凄腕女騎士のメイガン。

実力は高評価を受けていたものの、生真面目で不器用なことから王族関係の任務を外され、主人公の護衛として地方へと飛ばされてしまいます。

恋愛経験はなかったものの、女性だけの騎士団で様々なことを聞いていた彼女は、えっちにも興味津々で……という感じに迫ってきます。

そして訪れた先の村でお世話係として現われたジョゼ。純真な村娘であった彼女は精一杯のお世話を頑張ります。

もちろん夜にはエッチなご奉仕も頑張ってくれます。どんどんと吸収してエロくなっていく姿はいいですよね。

そんなヒロイン三人とのいちゃらぶハーレムを、ぜひお楽しみいただけると嬉しいです。


それでは、最後に謝辞を。

今作もお付き合いいただいた担当様。いつもありがとうございます。またこうして本を出していただけて、本当に嬉しく思います。

そして拙作のイラストを担当していただいたサクマ伺貴様。本作のヒロインたちを大変魅力的に描いていただき、ありがとうございます。特に女騎士メイガンの蕩けた表情は、ギャップもあって最高でした！

最後にこの作品を読んでくれた方々。過去作から追いかけてくれた方、今回初めて出会った方……ありがとうございます！

これからも頑張っていきますので、応援よろしくお願いします。

それではまた次回作で！

二〇二〇年一〇月　赤川ミカミ

キングノベルス

前世の無能、異世界侯爵家からも追放されるが辺境の地では超有能みたいです

2020年 11月 27日　初版第1刷 発行

■著　　者　　赤川ミカミ
■イラスト　　サクマ伺貴

発行人：久保田裕
発行元：株式会社パラダイム
〒166-0004
東京都杉並区阿佐谷南1-36-4
三幸ビル4A
TEL 03-5306-6921
印刷所：中央精版印刷株式会社

KN084

iNG Novels
赤川ミカミ
Mikami Akagawa
illust: ひなづか凉
帝立魔法学院の異端児は精霊彼女とのらくらくお気楽生活で最強になりました!
精霊少女レリアと共に、学院の特待生となった魔法使いのラウル。お嬢様や美人教師に一目置かれ、のんびり生活でまさかの急成長!?
ごく平凡な魔法近いのラウルだが、精霊と契約できるレアスキルのおかげで、最高の研究機関でもある帝立学院こ入学した。光の精霊レリアと共に学ぶ彼の学院生活に、教師フラヴィや侯爵令嬢ベルナデットも興味津々で…。